Del amor y otros demonios
Gabriel García Márquez

愛その他の悪霊について

G・ガルシア＝マルケス
旦 敬介 訳

Obra de García Márquez | 1994
Shinchosha

愛その他の悪霊について●目次

Obra de García Márquez
1994

Drawing by Silvia Bächli
01.9: without title, 2001, "LIDSCHLAG How It Looks", Lars Müller Publishers, 2004 through WATARI-UM
Design by Shinchosha Book Design Division

愛その他の悪霊について

Del amor y otros demonios, 1994

涙に濡れたカルメン・バルセルスのために

髪の毛は、体の他の部分よりもずっと生き返りにくいもののようだ

トマス・アクィナス

「復活した肉体の完全性について」

（問題第八十番、第五節）

一九四九年の十月二十六日は大きなニュースのある日ではなかった。当時、私が駆け出しの記者として働いていた新聞の編集長だったクレメンテ・マヌエル・サバラ修士は、二、三のありふれた指示を出しただけで朝の編集会議を終えた。どの記者にも具体的な仕事を命じることはなかった。ところが、その直後に彼は電話を受けて、サンタ・クラ＊ラ修道院の地下納骨堂で遺骨撤去の作業が行なわれていることを聞きつけ、特に期待する様子もなく私にこう命じた——

「何か記事になることがあるかどうか、ちょっと見てきてくれ」。

クララ女子修道会のこの歴史的な修道院は、一世紀ほど前から病院に転用されて使われてきていたが、このたび売却されることになり、その場所には五つ星のホテルが建設される予定だった。その見事な教会堂は月日とともに徐々に屋根が陥没して今やほとんど雨ざらしの状態だったが、その床下の納骨堂には三代にわたる司教をはじめ、女子修道院長やその他の名士たちが埋葬されたままになっていた。工事の第一歩は、これらの遺骨を撤去して、引き取り手がいれば引き渡し、いない分についてはまとめて共同墓地に放りこむことだった。

私はそのやり方が原始的であるのに驚いた。作業員たちはつるはしと鍬《くわ》を使って墓石を取りのけ、動かしただけでばらばらに崩れてしまう腐った棺桶を取り出しては、服の切れ端や生気のない髪の毛がからみついた土くれから骨をより分けていくのだった。死者が名士であればあるほど仕事には手間がかかった。宝石や金銀の宝飾品を救出すべく、遺体の残骸をほじくりかえしては、細かい飾《ふるい》にかけていかなければならなかった。

作業の主任は墓石に書かれたデータを大学ノートに書き写す一方、骨を一体一体別の山に分けて整理し、混同しないよう、そのそれぞれに名前を書いた紙片を乗せていった。そのため、礼拝の場に足を踏み入れた私が最初に目にしたのは、小さな骨の山がずらっと並んで、天井の穴から降り注いでくる十月の激しい太陽に熱く焼かれているという光景だった。そして、そのそれぞれの身元を明かすものといえば紙切れに鉛筆で書かれた名前だけなのだ。あれからほぼ半世紀たった今でも私は、年月の経過がもたらす荒廃の恐るべき証拠を目にしたあの時の、昏倒するようなショックをなおも感じる。

そこには他の多くの遺骸とともに、とあるペルー副王*とその秘密の愛人がいた。当教区司教のドン・トリビオ・デ・カセレス・イ・ビルトゥーデスがいた。何名かの女子修道院長、その中にはホセファ・ミランダ教母がおり、また、美術学士ドン・クリストーバル・デ・エラソがいた。彼はここの格天井《ごうてんじょう》の制作に半生を捧げた人物だった。第二代カサルドゥエロ侯爵ドン・イグナシオ・デ・アルファロ・イ・ドゥエニャスの墓石が乗った埋葬室もあったが、いざ開けてみるとそれは空っぽで使われた形跡がなかった。それに対して、同侯爵夫人ドニャ・オラーヤ・デ・メンドーサの遺骸はその隣の埋葬室に本人の墓石のもとに収められていた。工事主任はこのことを特に重視しなかった――植民地貴族があらかじめ自分の墓を用意しておきながら、実際には別のところに埋葬されるというのはごくありふれたことだったからだ。

主祭壇横の、福音側三番目の壁龕《へきがん》のところには、驚くべき知らせが待っていた。墓石はつるはしの最初の一撃のもとに砕け散り、すると、強烈な赤銅色《しやくどういろ》をした生なましい乱れ髪が埋葬室からあふれ出したのだ。主任は作業員の手を借りてその髪をまるごと取り出すことにした。それは引っぱれば引っぱるほど長く豊かに出てくるように見えたが、ついには、最後の房にくっついて少女の頭蓋骨が出てきた。あとは壁龕の中に小さな骨が散乱しているだけで、しかも、硝石*に浸食された一枚岩の墓石に読み取れるのは苗字のないひとつの名前だけだった――シエルバ*・マリア・デ・トードス・ロス・アンヘレス。地面に広げてのばしてみると、その見事な髪は二十二メートル十一センチの長さがあった。

工事主任が驚いた様子もなく説明してくれたところでは、人間の髪というのは毎月一センチずつ成長するもので、それは死後も続き、したがって、二十二メートルというのは二百年間としてはごく平均的な値だろうということだった。しかし、私にとって、これはそんなに簡単に片付けられる事項ではなかった。というのも、子供のころ祖母から聞かされた話に、長い髪を花嫁衣装の尾っぽのようにひきずる十二歳の侯爵令嬢の伝説というのがあったからだ。その少女は犬に咬まれて狂犬病で死んだのだが、数多くの奇跡を行なったとしてカリブ地方の村々で大いに崇《あが》められていたというのだ。この墓所がその少女のものなのかもしれないという思いつきがその日の私の収穫であり、それがこの本の源となったのである。

ガブリエル・ガルシア＝マルケス
カルタヘーナ・デ・インディアス、一九九四年

I

額に白い斑点のある灰色の犬が市場の迷路の中に飛びこんできたのは、十二月最初の日曜日のことだった。犬は揚げ物屋の台をひっくりかえし、インディオの露店や宝くじ屋のテントをなぎ倒して、ついでに、その通り道を横切った四人の通行人に咬みついた。そのうち三人は黒人奴隷だった。もうひとりはシエルバ・マリア・デ・トードス・ロス・アンヘレスといい、カサルドゥエロ侯爵のひとり娘で、*ムラータの女中に伴われて十二歳のお誕生会のために鈴の飾りを買いにきたところだった。

ふたりは「商人門」の外には行かないようにと指示されていたが、女中が冒険心を出して城外*ゲッセマニ地区の跳ね橋のところまで足をのばしたのは、奴隷貿易港の賑わいに誘われてのことだった。そこでは船一隻分のギニアの奴隷が競売されていたのだ。*カディス黒人会社のその船は一週間前から不安をまじえて待たれていたもので、それは説明のつかない多数の死人が船上で出ていたためだった。船の側《がわ》ではその事実を隠すために、重しもつけずに死体を海に投棄していた。ところが、穏やかな海のせいで死体は浮かびあがり、夜が明けると、紫がかった奇妙な色に変色しておかしな形に膨張した死体がいくつも浜に打ち上げられて発見されたのだった。何かアフリカの疫病が発生したのではないかという恐れから、最初その船は湾内に入ることを禁じられたが、結局、傷んだ加工肉による食中毒であることが確認されていた。
犬が市場を駆けぬけたころにはすでに、生き残りの積み荷はひどい健康状態のせいで買いたたかれて、すべて売りつくしており、売主の側はそれらすべてにまさる値打ちのあるたった一点の商品で損失の埋め合わせをしようとしているところだった。それは身の丈七クアルタ*ほどの囚われのアビシニア*女で、ふだん使われている安物の油のかわりに糖蜜を全身に塗られており、その美しさはあまりに幻惑的でまるで嘘のようだった。細く尖った鼻、瓢箪形の頭、つりあがった目、きれいに揃った歯、そして、物腰はローマの剣闘士と見まがうばかりだった。彼女には囲い場の中で焼き印が押されることはなかったし、あらためて年齢や健康状態が述べ立てられることもなく、ただただその美しさのために売りに出されているのだった。総督*が彼女のために払った値段、値切ることなく現金で払った値段とは、彼女の重さ分の金の値段だった。

野良犬が猫を追いまわしたり、道に落ちた屑肉を禿鷲と奪い合ったりしながら人に咬みつくというのは日常茶飯事であり、ガレオン*船団がポルトベーロ*の市《いち》への途中で寄港する時期、つまり物資が豊かで人も賑わう時期にはなおさらありふれたことだった。同じ一日のうちに四、五人が咬まれたからといって誰も大騒ぎはしなかったし、シエルバ・マリアのように、左の足首にかすかに見てとれる傷ができたぐらいではなおさらだった。だから女中はあわてても騒ぎもしなかった。彼女は自らレモンと硫黄で少女に手当てをし、ペチコートについた血の染みを洗いおとして、するともう誰も少女のお誕生会の楽しみのことしか考えなくなった。

ベルナルダ・カブレーラというのが少女の母親で、カサルドゥエロ*侯爵の無爵位の夫人だったが、彼女はその日の明け方、コップ一杯の薔薇の香りの砂糖水とともにアンチモニーを七グレーン飲み下すという、劇的な下剤をとったところだった。かつての彼女は、いわゆる「陳列棚の貴族階級」に属する生きのいい混血女《メスティーサ》だった――煽情的で強欲で、遊び好きで、下半身の貪欲さといったら兵営をまるごとひとつ相手にできるほどだった。ところが、その彼女がほんの数年のうちに、蜂蜜酒とカカオ菓子に溺れてこの世の表舞台から姿を消してしまったのだった。ジプシーのような目の輝きは消え、機知は涸れ、下からは血を垂らして上からは胆汁を吐くという具合になり、人魚のようだった体は三日たった死体のようにむくんで色がくすみ、今や、その爆発的な、猛烈に臭い放屁には獰猛《どうもう》なマスティフ犬*までが怯えあがった。寝室から外に出ることはほとんどなく、まれに出る時にはそっくり丸裸か、下に何も着けずに更紗織りの衣を羽織るばかりで、何も着ていないよりもさらに生まなましく裸に見えるというありさまだった。

　彼女がその日七回目の大の方をすませた時になって、シエルバ・マリアを連れていった女中が帰ってきたが、女中は犬に咬まれた話はしなかった。そのかわりに、奴隷女の売買をめぐる港の騒ぎについて口にした。「そんなにみんなが言うほどきれいなんだったら、ほんとにアビシニアの女なのかもしれないわ」とベルナルダは言った。しかし、彼女には、たとえそれがシバの女王*であったとしても、誰かがその体重分の黄金を払って買うというのはとてもありそうにない話に思えた。

「黄金ペソでっていうことじゃないの」と彼女は言った。

「いいえ」と女中ははっきりと言った。「その黒人女の重さ《ペソ》と同じだけの金《きん》、だそうです」。

「七クアルタの奴隷女なら体重百二十ポンド*以下ということはないわね」とベルナルダは言った。「でもこの世に、黒人だろうと白人だろうと、黄金百二十ポンドの値打ちのある女なんていないわよ、ダイヤモンドのうんこでもするというのでなければね」。

しかし、奴隷の貿易において彼女以上に抜け目なく立ち回った者はなく、総督がそのアビシニア女を買ったというのなら、調理場で仕えさせるというような崇高な目的のためでないことは、はっきりしていた。そのようなことを考えている時にパーティの楽器や爆竹の音が響き、マスティフ犬たちの騒ぐ声が聞こえた。彼女は何事か見るために庭のオレンジ園に出た。

ドン・イグナシオ・デ・アルファロ・イ・ドゥエニャスすなわち第二代カサルドゥエロ侯爵にしてダリエン*地方の領主もまた、果樹園のオレンジの木の間に吊った昼寝用のハンモックのところから、音楽が始まるのを聞き届けた。彼は意気の上がらぬ、尻を貸す方が好きそうな男で、夜ごとコウモリに血抜きをされるせいで顔色は百合のように青白かった。家の中にいる時でもベドゥイン*族のチラバ*を着こんでおり、その格好にトレド帽をかぶるので、なおさら落ちぶれた雰囲気が際立って見えた。神がこの世に産み落としたままの姿でいる妻を目にすると、彼は質問を先取りして口にした――

「いったい何の音楽だ?」。

「知らないわ」と彼女は答えた。「今日は何の日なの?」。

侯爵も知らなかった。彼がわざわざ妻に質問して聞くとは、よほど本当に不審に思ったからに違いなく、それに対して彼女があてこすりなしに返事をしたとは、よほど胆汁を出しつくして気分がいいからに違いなかった。侯爵はハンモックの上で身を起こして考えこみ、すると再度、爆音が響いた。

「聖なる天よ」と彼は声を上げた。「今日は何の日なんだ!」。

屋敷はディビナ・パストーラ女子精神病院に隣接していた。病院に収容されている女たちは音楽と打ち上げ花火に興奮して、オレンジ園に面したテラスに姿をあらわし、花火が上がるたびに拍手喝采して騒いでいた。侯爵は彼女らに向けて叫んで、どこで祝い事をやっているのかと聞き、すると彼女らは答えて疑問を晴らしてくれた。それは十二月七日、司教*聖アンブローシオの日であり、音楽と花火はシエルバ・マリアを祝して奴隷小屋のある裏庭から聞こえているのだった。侯爵は手のひらで額を打った。

「そうだった」と彼は言った。「いくつになるんだ？」。

「十二よ」とベルナルダは答えた。

「まだ十二か？」と彼はハンモックに横になりながら言った。「なんてのろい人生なんだ！」。

屋敷は世紀のはじめまでは町の誇りとなる建物だった。しかし、今ではすっかり傷んで陰鬱に沈んでおり、大きな空っぽの空間があったり、的外れな家具があちこちにあったりするために、いつでも引っ越しの最中のような印象をあたえた。大広間の床にはまだ市松模様の大理石が残されており、涙のしずく形の装飾シャンデリアもさがっていたが、そこには今では蜘蛛の巣がかかっていた。利用されている部屋はいずれも分厚い石壁で仕切られている上、長年にわたって閉め切られてきているために、どんな天気の時でも涼しく、壁の亀裂からは十二月の風が音を立てて吹きこんでくるのでなおさらひんやりとした。すべてがだらしのない放擲《ほうてき》と暗闇の重たい湿りけに浸されていた。初代侯爵のころの貴族的な気取りで唯一残されているものといえば、夜間の警備をする五頭の狩猟用マスティフ犬だけだった。

シエルバ・マリアのお誕生会が行なわれている奴隷たちの敷地は、初代侯爵のころには、ひとつの町の中にもうひとつ別の町があるというような賑わいを見せた場所だった。跡継ぎの代になってからも、ベルナルダがマアーテスの砂糖農園に陣取って奴隷と小麦粉の悪辣な貿易を抜かりなく取り仕切っていたうちはそれが続いた。しかし、今ではすべての輝きが過去のものだった。ベルナルダは果てしなき悪習ゆえに輝きを失い、奴隷の庭も椰子葺きの掘っ建て小屋がふたつ残るだけとなって、偉大さの最後の名残もなくなって久しかった。

かつてはドミンガ・デ・アドビエントという生粋の黒人女が、死の前の日まで鉄拳によって屋敷を取り仕切っていたもので、彼女が白人と黒人のふたつの世界を結ぶ絆となっていた。シエルバ・マリアを育てたのは、この、のっぽで骨ばって、ほとんど千里眼的なまでに知恵がはたらく女だった。彼女はヨルバ族*の信仰を捨てることなくカトリック信者になって、両方の信仰を秩序も調和もなく同時に実践した。彼女が言っていたところでは、一方に欠けているものをもう一方が補ってくれるので自分の魂はこのうえない平安のうちにある、とのことだった。彼女はまた、侯爵と夫人との間を調停するだけの権威がある唯一の人間で、両者とも彼女の言うことには従ったものだった。使われていない部屋で奴隷たちがおぞけもなく男色にふけっていたり、それぞれの女を取り替えて交わっていたりするのを見つけるたびに、ほうきを振り回して追い出すことができたのも彼女だけだった。しかし、彼女が死んで以来、奴隷たちは真昼の暑さを逃れて奴隷小屋から抜け出しては、屋敷内に居心地のいい片隅を見つけてところかまわず寝ころんだり、釜に焦げついた米をこそいで食べたり、風通しのよい通路で賭け事をしたり唸《うな》り独楽《ごま》をならしたりして遊ぶようになっていた。誰も自由でないこの抑圧された世界にあって、シエルバ・マリアは自由だった——ただひとり彼女だけが、そして、ここにおいてのみ。だから彼女のお誕生会はここで開かれているのだった。彼女の本当のわが家である場所において、本当の家族である人たちのもとで。

これほど音楽に満ちていながら、これほど沈んだ踊りの会は他になかった。屋敷の奴隷たちと他の名家の奴隷数名が、できるかぎりのものを持ち寄って開いている会だった。少女は本性のままにふるまっていた。アフリカに生まれたアフリカ人よりももっと優美に、もっと元気よく彼女は踊り、自分の声とは違う声でさまざまなアフリカのことばの歌を歌い、また、鳥や動物の声を出しては動物たち自身を戸惑わせた。ドミンガ・デ・アドビエントの命令により、いつもいちばん若い女奴隷たちが少女の顔を煤《すす》で黒く塗って、洗礼肩衣の上から*サンテリアの数珠《じゅず》を首にかけ、髪の手入れをすることになっていた。その髪は一度も切られたことがなく、日ごとに幾重にも編まなければ歩く妨げになるほどの長さがあった。

彼女は対立する力が交差するところで花開きはじめていた。母親から受け継いでいるものはごくわずかだった。それに対して、父親から受け継いでいるものには、貧弱な体つきと救いようのない内気性、蒼白な肌、憂鬱げな青い瞳、そして赤銅色そのものの燃えるような髪があった。そのふるまいは実に慎重で秘密めいていて、まるで目につかない小動物のようだった。母親は娘のこの奇妙なありように不安を覚えて、家の闇の中でも少女がどこにいるのかわかるよう、手首に鈴をくくりつけていた。

お誕生会の二日後になって、女中はシエルバ・マリアが犬に咬まれたことをうっかりベルナルダにもらした。ベルナルダは寝る前に、その日六回目の熱い香水石鹸風呂に入りながらそのことに思いをめぐらしたが、寝室にもどった時にはもうすっかり忘れていた。翌日の夜まで思い出さなかった。思い出したのは、マスティフ犬たちが夜明けまで訳もなく吠え続けていて、ひょっとしたら狂犬病になったのではないかと不安に思ったからだった。そこで彼女は燭台を持って裏の奴隷小屋まで赴き、シエルバ・マリアがドミンガ・デ・アドビエントから譲られたインディオ椰子のハンモックで寝ているのを見つけた。どこを咬まれたのか女中から聞いていなかったため、彼女は少女の寝間着をまくりあげ、ライオンの尻尾のように巻きついている苦行の三つ編みを明かりで追いながらその全身をくまなく調べた。そしてようやく、咬まれた跡を見つけた――左足首の裂傷はすでにかさぶたが乾いており、踵《かかと》には多少の擦り傷がかろうじて見てとれるだけだった。

町の歴史において狂犬病発生の例は少なくなく、取るに足らぬ例ばかりでもなかった。もっとも大騒ぎになったのは、人間とほとんど見分けがつかないように芸を仕込まれた猿を連れて町から町へと巡回していた芸人のケースだった。その猿はイギリスによる海上封鎖の間に狂犬病にかかり、主人の顔に咬みついてから近くの丘に逃げた。不運な軽業師は、聞くも恐ろしい幻覚にうなされている最中に棍棒の一撃で殺されたが、その後何年も、町の母親たちは子供を怖がらせるために、そのさまを歌にして歌い続けることになった。それから二週間もしないうちに、悪魔のように狂った猿の大群がまっ昼間に山からおりてきた。それは豚の飼育場や鶏小屋を荒らしてまわり、英国艦隊撃退を祝う感謝の祈りが行なわれているまっ最中のカテドラル*に、遠吠えしながら血の泡に息をつまらせて乱入したのだった。しかし、もっとひどいドラマは歴史に記録されることがなかった。というのも、それは黒人人口の間で起こったからで、そこでは、咬まれた人はアフリカの魔術で治療するためといって逃亡奴隷村へと拉致されるのが常だった。

これだけの教訓があったにもかかわらず、白人たちも黒人たちもインディオたちも、取り返しのつかない最初の徴候があらわれるまでは、狂犬病その他、潜伏期の長い病気の可能性を疑ってみることはなかった。ベルナルダ・カブレーラも同じ態度で臨んだ。奴隷たちの噂話がキリスト教徒の噂話よりも早く遠くまで伝わるものであることを思い出した彼女は、ちょっと犬に咬まれたぐらいのことで一家の名誉に傷がついたら大変だと心配しただけだった。自分の論理の正しさをすっかり確信していたため、彼女はこの件を夫に話すことはなかったし、次の日曜まで思い出すこともなかった。その日曜日、例の女中はひとりで市場に行き、そこで一匹の犬の死体が、狂犬病で死んだものであることをあまねく知らせるべくアーモンドの木に吊るされているのを目にした。一目見ただけで彼女は、その額の白い斑点と灰色の荒れた毛並みが、シエルバ・マリアを咬んだ犬のものであることに気づいた。しかし、ベルナルダはそれを聞かされても心配ひとつしなかった。心配する理由はどこにもなかった——傷はすっかり乾いていたし、擦り傷の方はもう痕跡すら残っていなかったからだ。

十二月は不順な天候で始まったが、じきにアメジスト*のような夕暮れと、狂ったような海風の吹く夜がもどってきた。スペインからいい知らせが届いたせいでクリスマスは例年にもまして明るいものとなった。しかし、町は以前とはすっかり様変わりしていた。奴隷市の本拠はハバナに移ってしまっており、当地ティエラ・フィルメ*の鉱山主や農園主は労働力を、値段の安い英領アンティール*諸島の密輸奴隷に求めるようになっていた。そのため、町はふたつの異なった町に分かれるようになっていた——すなわち、ガレオン船団が港にとどまる六か月間の陽気で賑わった町と、残り半年間の、船団の帰還を待つ眠たげな町のふたつだった。

一月のはじめまで、犬に咬まれた人の話はもう何も伝わってこなかった。それは、サグンタという名で知られる放浪のインディオ女が、ある日、侯爵家の扉を聖なる昼寝《シエスタ》の時間に叩くまで続いた。それはひどく年とった女で、頭から足の先まで白いシーツにくるまって、白昼の太陽のもとを裸足で、長い巡礼杖を頼りに歩きまわっていた。サグンタは処女回復術と堕胎術に手を染めているとして悪名高かったが、その一方で、見放された病人を起き上がらせるインディオの秘術を知っているという名声もまた高かった。

侯爵は戸口に立ったまま彼女を不承不承迎えはしたものの、相手がたいへんに悠長な口ぶりで、幾重にももつれた遠回しの言い方ばかりするので、何を言いたいのか理解するのに手間取った。要点にたどりつくまでに、あまりにもまわりくどくことばをこねるため、侯爵はついに辛抱をきらした。

「何の話だか知らないが、とにかくもうそれ以上ラテン語めかさず言ってくれ」と彼女に言った。

「狂犬病の悪疫が迫ってるんですよ」とサグンタは言った。「で、サン・ウベルトの鍵を持っているのはあたしだけでして。サン・ウベルトが狩人の守護聖人で狂犬病の癒し手であることはご存じでしょう」。

「疫病のはやる理由がわからんな」と侯爵は答えた。「私の知るかぎり、彗星の知らせも日食もないし、神がわざわざ、私らごときを気にかけるような大罪など、誰も犯しちゃいないだろう」。

サグンタは三月には皆既日食があることを告げ、十二月の最初の日曜日に犬に咬まれた人たちのその後の事情をすっかり明かした。うちふたりは行方が知れなくなっており、魔法にかけるために仲間に連れ去られたに違いなく、三人目は二週目に狂犬病ですでに死んだという。四人目は咬まれたわけではなく、同じ犬の涎がかかっただけだったが、今やアモール・デ・ディオス病院で苦痛にあえいで死に瀕している。警吏長官は今月になってからだけで、すでに百匹ほどの野良犬を毒殺させた。あと一週間もすれば通りに犬は一匹もいなくなるだろう。

「いずれにしても、それが私とどう関係があるのかわからないな」と侯爵は言った。「こんな不都合な時間にはなおさらだ」。

「最初に咬まれたのがお宅のお嬢さんなんですよ」とサグンタは言った。

侯爵は深い確信をこめてそれに答えた——

「そんなことがあったのなら、私が一番に知らされているはずだ」。

彼は娘が元気であると確信しており、彼の知らぬ間にそんな大事が起こっているとはとても考えられなかった。そこで彼は、面会は終わったものとして女を追い返し、昼寝の続きをしにもどった。

しかしながら、その日の夕方、彼は使用人たちの裏庭までシエルバ・マリアを捜しにいった。シエルバ・マリアは兎の皮を剝ぐのを手伝っているところで、顔は黒人のように色塗られ、裸足で、奴隷女のように色鮮やかな布を頭に巻いていた。犬に咬まれたというのは本当なのか、と彼は問いただし、するとシエルバ・マリアはためらうことなく違うと答えた。しかし、その晩、ベルナルダからそれが本当であることを知らされた。侯爵は当惑してたずねた——

「じゃあなぜ、シエルバ・マリアは否定するんだ?」。

「あの子は間違っても本当のことなんて口にしないのよ」とベルナルダは答えた。

「なら、手を打たないと」と侯爵は言った。「狂犬病の犬だったんだから」。

「そんな必要はないわよ」とベルナルダは言った。「その犬は逆に、あの子を咬んだせいで死んだに違いないわ。もう十二月の話なのに、あの恥知らずは花咲くみたいにぴんぴんしてるんだから」。

それでもふたりは、疫病の深刻さにまつわる噂がふえてくるのを注意深く追い続け、その結果、それぞれの意思に反して、この共通の問題について再度、今ほど憎みあっていなかったころのように話し合うことになった。侯爵にとっては問題は明らかだった。彼はいつでも娘のことを愛していると信じてきたものだったが、狂犬病に対する恐れを目の前にしてみて初めて、それが便宜的に自分を欺いていただけであることを認めざるをえなくなった。それに対してベルナルダは、娘を愛しているかどうかなど、自分に問うことすらなかった。というのも、娘を愛していないこと、そして愛されてもいないことを、彼女ははっきりと意識しており、そのどちらも正当なことと思っていたからだ。少女に対してふたりが抱いている憎しみの大部分は、彼女が両者それぞれから受け継いでいるもののゆえだった。しかし、ベルナルダは、自分の名誉を守るためなら涙を流す芝居を打って、傷心の母親として喪に服すぐらいのことはするつもりでいた――ただし、少女の死が名誉を損なわぬ原因のものであるかぎりにおいて。

「原因は何でもいいの」と彼女はさらに明快に言った。「犬っころの病気というのでさえなければね」。

侯爵はその瞬間に、まるで天から打たれたように、自分の人生の意味を理解した。

「あの子は死なない」と彼は決意を固めて言った。「ただ、もし死ななければならないのなら、その原因は神が仕組まれたものに違いない」。

火曜日になって彼はサン・ラサロ*の丘にあるアモール・デ・ディオス病院まで、サグンタの言っていた狂犬病患者を見にいった。自分では気づいていなかったことだが、葬礼用の縮緬飾りのついた彼の馬車は、目に見えぬところでふくらみつつある不幸の前兆とやがて見なされることになるのだった。侯爵はもう何年も前からよほど重要な行事でもなければ屋敷の外には出なくなっており、不幸な行事以外に重要な行事などなくなって久しかっただけになおさらだった。

町は幾世紀にもわたる無気力の中にどっぷりとつかっていたが、青ざめた顔に落ち着きのない目をした喪服姿の迷える紳士が馬車に乗って城壁を後に、サン・ラサロの丘へと野原を横切っていくのを目に止めた人もなくはなかった。病院に着くと、煉瓦敷の床に寝そべっていた癩病患者たちは侯爵が死人のような足取りで入って来るのを目にして、行く手に立ちはだかって施しを求めた。常時狂乱状態にある患者たちの棟まで行くと、杭に縛られて、例の狂犬病患者がいた。

それは頭も髭も綿のように白くなったムラートの老人だった。すでに体の半分は麻痺していたが、残った半分には狂犬病のせいで力が満ちあふれており、壁に体当たりして自ら骨を砕くことがないよう縛りつけておかねばならないのだった。話を聞いてみると、シエルバ・マリアを咬んだのと同じ白い斑点のある灰色の犬に咬まれていることがはっきりした。話に聞いていた通り、実際には涎をかけられただけであり、ところがそれが健康な肌の部分ではなく、ふくらはぎにあった慢性的な潰瘍の部分だったという。この点を聞いても侯爵の心は休まらず、瀕死の病人の映像に怯えた彼は、シエルバ・マリアの今後に希望の兆しを見いだすことなく病院を逃げるように後にした。

丘の隘路《あいろ》を通って町に向かう途中、侯爵は堂々たる体格の男がひとり、死んだ馬の傍らで路傍の石に腰をおろしているのに出くわした。侯爵は馬車を止めさせ、男が立ち上がるのを見て初めてそれが、町でもっとも名高く、もっとも物議をかもす医師のアブレヌンシオ・デ・サア・ペレイラ・カン学士であることに気がついた。その姿はまるでスペイン式トランプの棍棒《クラブ》のキング*そっくりだった。日除けとしてつば広の帽子をかぶり、乗馬ブーツ、そして学問を修めた自由思想家たちの好む黒マントという出で立ちだった。彼はまれに見る仰々しさでラテン語で挨拶をした。

「真実の名において、来《きた》る者に祝福あれ」。

彼の馬は坂道を上りは速足で上ったのだが、下る段になってこらえきれずに心臓が破裂したとのことだった。侯爵の御者のネプトゥーノが馬の鞍を外そうとしたが、馬の主はそれを制した。

「もう必要ないじゃないですか、もうつける馬もいないんだから」と医師は言った。「馬といっしょに腐らせてやりますよ」。

子供のような肥満した体格のため、馬車に乗りこむには御者が手を貸さねばならなかった。侯爵は敬意をはらって彼を自分の右隣にすわらせた。アブレヌンシオはまだ馬のことを考えていた。

「まるで自分の体の半分が死んでしまったような感じでして」と彼はささやくようにもらした。

「馬が死んだことぐらい、簡単に解決できるじゃないですか」と侯爵は応じた。

アブレヌンシオは気色ばんだ。「あの馬は特別だったんです」と彼は言った。「できることなら教会の墓地に埋葬してやりたいぐらいで」。彼は反応を期待して侯爵に目をやり、そしてつけ加えた――

「十月で百歳になったところなんです」。「そんなに生きる馬なんていませんよ」と侯爵は言った。
「いや、証明できます」と医師は答えた。

彼は毎週火曜日にアモール・デ・ディオス病院に出向いて、癩病患者たちがかかる他の病気の治療をしているのだった。スペインでの迫害を逃れてカリブ海に移住した同じくポルトガルのユダヤ人医師フアン・メンデス・ニエト学士の弟子として傑出していたアブレヌンシオは、霊術師にして無礼者という悪名をも師から受け継いでいたが、その英知そのものに疑義をはさむ人はいなかった。常軌を逸したほど正確な彼の診断と突飛な治療法を認めようとしない医者は数多く、彼らとの確執は途絶えることのない激しいものだった。たとえば彼は、年に一回飲むだけで体調が整い寿命が延びるという錠剤を発明したことがあったが、それは、飲んだ最初の三日間、判断力がはなはだしく乱れるため彼自身以外は誰もあえて飲もうとはしないような薬だった。また、以前にはしばしば、患者の鎮静のために作曲した曲を枕もとでハープで奏でるという治療法を行なっていた。一方、外科手術は偽医者や髭剃り屋の類《たぐい》が使う劣等な技術と見なして行なわず、彼が専門とするところは患者の死の日時を予言することで、それは大いに恐れられていた。しかしながら、彼の名声は良くも悪くもあるひとつの事実に基づいていた――それは彼が、死人を蘇らせたことがあるということだった。それは彼自身の主張でもあったし、それに異論をはさむ人もいなかった。

経験豊かなアブレヌンシオでさえ、狂犬病患者のありさまには動揺していた。「人体というのは、本来生きられるはずの年数を生きるようにはできていないんですな」と彼は言った。侯爵はその詳細にして彩り豊かな論考を一言も聞き逃すまいと耳を傾け、医師がすっかり話し終えてから初めて口を開いた。

「あの哀れな男には何がしてやれるんですか？」と彼は質問した。

「殺してやることですよ」とアブレヌンシオは言った。

侯爵はぎょっとなって相手を見た。

「少なくとも、われわれが本当の善きキリスト教徒だったらそうするでしょう」と医師は動じることなく続けた。「驚かないでください、侯爵――善きキリスト教徒というのはわれわれが思うよりもずっと多くいるものなんですよ」。

彼は実際には、城外地区や原野に暮らしているあらゆる肌の色をした貧しいキリスト教信者たちのことを言っているのだった。彼らは自分たちの中に狂犬病患者が出れば、末期の恐ろしい体験を免除してやるために食べ物に毒を入れるだけの勇気をもっているのだった。前世紀の末には、一家族全員が毒の入ったスープを自ら飲んだことがあった。誰にも五歳の子供にだけ毒を盛る心の強さがなかったからだ。

「人はね、われわれ医者はこうしたことが起こっているのを知らないものだと考えているでしょう」とアブレヌンシオは結論的に言った。「が、実際はそうじゃないんです、ただ、われわれにはそうしたことをあと押しするだけの精神的な強さがないんですよ。だからそのかわりに、死を定められた病人に対して、たった今ご覧になってきたようなことをするわけです。サン・ウベルトに任せるとか言って、なおさらひどく、なおさら長く苦しむように棒杭に縛りつけたりするんです」。

「他に手だてはないんですか?」と侯爵は聞いた。

「ひとたび狂犬病の症状が出たらもう何の手だてもありません」と医師は言った。陸生の苔類、*辰砂《しんしゃ》、麝香《じゃこう》、銀化水銀、紫花のルリハコベといったさまざまな処方に基づいて、狂犬病が治療可能であると見なす能天気な論文について彼は話した。「みんなでたらめです」と彼は言った。「問題は要するに、狂犬病が発病する人としない人がいるということであって、発病しなかった人に関してそれが薬が効いたせいだと言うのは簡単なのですよ」。彼は侯爵が居眠りしていないことを確認するために視線を合わせ、そして最後に言った——

「どうしてそんなに興味がおありなんです?」。

「哀れみの心からですよ」と侯爵はいつわった。

侯爵は午後四時の倦怠に静まりかえった海を窓から眺めやり、締めつけられるような思いとともにツバメがもどってきていることに気がついた。まだ午後の風は吹きはじめていなかった。子供たちの一群がぬかるんだ砂浜に迷いこんだ一羽のカツオドリに石を投げつけて捕まえようとしており、侯爵はその鳥が飛びたって、城砦都市のきらめくドーム屋根の合間に見えなくなるまで追い続けた。

馬車は「半月門」を通って城壁内に入り、アブレヌンシオは職人地区の賑わいをぬって自宅まで行く道筋を御者に指示した。しかしそれは容易ではなかった。ネプトゥーノはすでに七十歳を越えており、決断が悪いうえに近眼で、彼よりも馬の方が道をよく知っているので勝手に歩かせるのに慣れているからだった。ようやく家まで着くと、アブレヌンシオはホラティウス*からの引用を口にして門口で別れを告げた。

「ラテン語はわからなくて」と侯爵は弁解した。

「わからなくても不自由はありませんからな！」とアブレヌンシオは言った。もちろんそれもラテン語で言った。

侯爵はすっかり感銘を受けており、そのため、家に帰って最初に行なったのは、彼の生涯でもまれに見る珍しいことだった。彼はサン・ラサロの丘から死んだ馬を運んできて教会の墓地に埋葬するようネプトゥーノに命じ、さらに翌日の早朝には侯爵家の厩舎《きゅうしゃ》から一番いい馬を一頭選んで、アブレヌンシオのもとに届けるよう言いつけたのだった。


アンチモニーの下剤によるつかのまの安らぎが薄れると、ベルナルダは燃えあがる内臓の炎を鎮めるために時には一日に三回も気休めに浣腸をし、あるいは、神経をなだめるべく一日に六回も高温の香水石鹸風呂に全身を浸した。もはや新婚のころの彼女の名残は何ひとつなかった。往年の彼女は儲かる商売を思いついては、まるで千里眼の占い師のように確実に成功させて、欲しいものは何でも手に入れていたものだったが、*フダス・イスカリオテと出会った不幸な午後を境に、不運ばかりが彼女を襲うようになっていた。

その男を偶然見つけたのは祭りの日に臨時に作られた囲い場でのことで、彼はほとんど裸で、防具もつけずに素手で闘牛用の雄牛と戦っているところだった。その姿はあまりに美しく向こう見ずな凄味があって、頭から追い払うことができなかった。その数日後、再度その男を見かけたのは、カーニバルの舞踏会に仮面をつけて乞食女の仮装で参加した時だった。家の奴隷女たちは宝石の入った金の首飾りや腕輪や耳飾りをつけて侯爵夫人という仮装でベルナルダを取りまいていた。フダスは野次馬の輪の中央にいて、女たちから金をもらって踊りの相手をしていたが、一緒に踊りたがる女たちの焦りをなだめるためには列を作って並ばせなければならないほどの人気だった。ベルナルダは、いくらなのかと彼に聞いた。フダスは踊りながら答えた——

「半*レアルいただきます」。

ベルナルダは仮面をはずした。

「あたしが聞いているのは、あんたの一生のお値段よ」と彼女は言った。

フダスはその女が素顔になるとまったく乞食らしくないのを見てとった。彼は踊りのパートナーから手を放し、自分の値段の高さが納得できるように、粋な海の男のような気取った足取りで歩み寄った。

「五百黄金ペソですが」。

ベルナルダは抜け目ない鑑定士としての目で男を値踏みした。上背のある巨軀、アザラシのような滑らかな肌、めりはりのある胴、引き締まった尻、すらりと伸びた脚、そして、その仕事に似合わぬ柔和な手をしていた。ベルナルダは計算した——

「背丈は八クアルタはあるわね」。

「プラス三*インチです」と男は言った。

ベルナルダは歯並びを調べるために自分の手の届くところまで相手の頭を下げさせ、すると脇の下のアンモニアの匂いに頭がくらくらした。歯はすべて揃っており、傷みもなく歯並びもよかった。

「馬より高いような値段であんたを買っていく人がいると思うなんて、あんたのご主人は頭がおかしいんじゃないの」とベルナルダは言った。

「私は自由民でして、自分で自分を売ってるんです」と男は答えた。そして特別な含みをこめて締めくくった――「奥様」。

「侯爵夫人よ」と彼女は訂正した。

男がまるで宮廷人のようなお辞儀をしたのに彼女は息を呑み、結局、言い値の半分で買い受けた。彼女自身が言ったところでは、それは「目の保養だけ」のためだった。それと引換えにベルナルダは自由民としての彼の身分を保証し、また、闘牛興行を続ける時間をあたえることも約束した。ベルナルダは以前は馬の調教師の部屋だった自室近くの寝室を彼にあてがい、最初の夜から裸で、ドアに鍵をかけずに待ち構えていた。招かれなくてもかならずやってくると確信していた。しかし、燃える体をもてあまして穏やかに眠れぬまま、二週間を過ごすことになった。

実際のところ、彼女が誰であるかを知って屋敷の様子を目にするやいなや、男は奴隷としての距離を置きはじめたのだった。しかしながら、ベルナルダが待つのをやめて、寝間着をつけてドアにも閂《かんぬき》をかけて眠るようになった晩、彼は窓から寝室に入ってきた。アンモニアがかった男の体臭で寝室の空気が息苦しくなったのでベルナルダは目を覚ました。暗闇の中、手さぐりで彼女を求めるミノタウロス*の荒れた息づかいを彼女は感じ、それから熱くほてった肉体が自分の上に乗るのを、野獣の手が寝間着の首もとをつかむのを、そしてそれをまっ二つに引き裂きながら相手が耳もとで「淫売、淫売」と吠えるのを彼女は聞いた。その晩を境に、ベルナルダはもう一生それ以外に何もしたくなくなったのだった。

ベルナルダは彼に狂った。ふたりは夜ごと城外のひなびたダンス場に出没するようになった。男はベルナルダが自分の趣味で買いあたえたフロックコートに山高帽という貴族の出で立ち、彼女の方は最初は何らかの扮装をしていたが、やがて素顔のまま出かけるようになった。ベルナルダは男の全身を鎖や指輪やブレスレットなどできんきらきんに飾りたて、歯にはダイヤモンドを入れさせた。実は彼が、出会う女と片っ端から寝ていることがわかった時には死にそうな気がしたが、結局はそのお余りだけで満足することを覚えた。ベルナルダが砂糖農園の方に行っているものと思ってドミンガ・デ・アドビエントがシエスタの時間に寝室に入ったところ、ふたりが素っ裸になって床の上で愛を交わしているのに出くわしたのもそのころのことだった。奴隷女はあっけにとられたというよりも目が眩《くら》んだような感じでドアの把手《とって》に手を置いたまま立ち尽くした。「死人みたいにそんなとこに突っ立ってないで」とベルナルダは叫んだ。「さっさと出てくか、いっしょに寝ころぶか、どっちかにしてちょうだい」。

ドミンガ・デ・アドビエントはドアを叩きつけて出ていったが、ベルナルダにはそれはびんたを食らったみたいに聞こえた。その晩、ベルナルダは彼女を呼びつけ、目にしたことについて一言でも口外したらひどい罰をくわえると言っておどした。「どうぞご心配なく、白人様」と奴隷女は言った。「これはだめだとおっしゃることなら何でもその通りにいたします」。そう言ってから彼女はこう締めくくった――

「残念ながら、私が考えることまで禁止なさるわけにはいきませんが」。

侯爵は事情を知っていたのかもしれないが、だとしたら見事に知らないふりを押し通した。結局のところ、彼と妻との間の共通項として残っていたのはシエルバ・マリアだけであり、それも彼としては自分の子というよりはベルナルダの子というとらえ方だった。それに対してベルナルダはそんなことに思いをいたすこともなかった。彼女は娘のことなどすっかり忘れており、ある時など、例によって砂糖農園の方に長期的に滞在してもどってくると、シエルバ・マリアがぐっと大きくなって感じも変わっているために別人と間違えて気づかなかったほどだった。ベルナルダは彼女を呼びつけ、全身を調べて生活について問いただしたが、娘から一言も返答を得ることはできなかった。

「あんたはお父さんとまるっきり同じね」とベルナルダは言った。「手に負えないできそこないよ」。

侯爵がアモール・デ・ディオス病院からもどった日も、夫婦の間の雰囲気は相変わらずこのようなものだったが、侯爵はこれからは自分が、鉄拳をもってこの家の手綱を取るという決意をベルナルダに告げた。そのせっぱつまった様子の中には何か熱い迫力のようなものがあり、ベルナルダも口答えしなかった。

侯爵が最初に行なったのは、少女を、祖母にあたる先代侯爵夫人の寝室に連れもどすことだった。それは、以前ベルナルダが、奴隷たちのもとで寝るようにと少女を追い出した当の部屋だった。そこには、積もった埃の下にかつての輝かしい暮らしの名残が手つかずのまま残されていた──真鍮があまりに見事に光っているので召使たちが金でできていると勘違いしていた豪華絢爛たる大型ベッド、花嫁衣装のようなガーゼの蚊帳、飾り紐で彩られた立派なベッドカバー、香水や化粧品の瓶が厳粛な秩序にのっとってずらりと鏡の前に並ぶ雪花石膏の洗面台、磁器のおまると痰壺と洗面器。それはリウマチで体が思うようにならなかった老婦人が、もつことのなかった娘のために、そして見ることのなかった孫娘のために夢見た幻想の世界なのだった。

奴隷女たちが寝室に命を吹きこみ直している間に、侯爵は家の中に自分の支配を確立する仕事に取りかかった。柱廊の日陰で居眠りをする奴隷たちを追いはらい、今度部屋の隅で用を足したり閉鎖されている部屋で賭け事をしたりしているのを見つけたら鞭打ちにして地下牢に閉じこめると言っておどした。いずれも新しい規則というのではなかった。ベルナルダが指揮をとってドミンガ・デ・アドビエントが取締りにあたっていたころには、それはもっとずっと厳格に履行されており、当時、侯爵は、半ばうれしそうに歴史的な名言を口にしていたものだった——「わが家にあって人は我に倣って服従す」。しかし、ベルナルダがカカオの泥沼にはまり、ドミンガ・デ・アドビエントが死ぬと、奴隷たちは用心しながら屋敷の中に忍びこむようになった。最初は女たちがちょっとした用事を手伝わせるために子供を連れてくるようになり、次いで怠け者の男たちが廊下に涼みに来た。没落の兆しに愕然となったベルナルダは、街頭で物乞いでもして勝手に食いぶちを稼いでこいといって彼らを追い出したりもした。またある時には激昂して、家事労働に必要な三、四人を残してあとの奴隷は全員解放しようと言いだしたこともあったが、これには侯爵が筋の通らぬ理屈で反対した——

「どのみち腹を空かせて死ぬのなら、そこらの寂しいところで死なせるより、ここで死なせてやるがいい」。

しかし、シエルバ・マリアが犬に咬まれた今となっては、侯爵はこうした簡便な方策には頼らなかった。一番権威があって信用できそうな奴隷に権力を分与して、他ならぬベルナルダが仰天するほど厳しい指示をあたえた。ドミンガ・デ・アドビエントが死んで以来初めて家の中に秩序が復活した最初の晩、侯爵は奴隷の女小屋にシエルバ・マリアの姿を捜した。異なった高さに交差して張り渡されたハンモックで五、六人の黒人女が寝ている中にシエルバ・マリアもいた。侯爵はその全員を叩き起こして新体制の方針を申し渡した。

「本日をもってこの子は屋敷で暮らすことになる」と彼は言った。「そして、ここにいる全員、この王国じゅうの全員が知るがよい――この家に家族はたったひとつしか暮らしていない。それは白人だけの家族である」。

侯爵が腕に抱いて寝室に連れて行こうとすると少女が抵抗するので、この世には人間の秩序というものがあるのだと説き聞かせねばならなかった。祖母の寝室まで連れてきて、奴隷用の上っ張りを脱がせて寝間着に着替えさせている間も、少女から一言もことばを引き出すことはできなかった。ベルナルダはふたりの姿を戸口から見た――侯爵はベッドに腰をかけて、寝間着のボタンを新しいボタン穴に通そうと苦心しており、少女はその前にただ立ちつくして無感動に彼を見ているのだった。ベルナルダは口を開かずにはいられなかった。「おふたりで結婚でもしたら?」と嘲《あざけ》った。そして、侯爵が反応しないのでさらに言った――

「三本指の侯爵令嬢をどんどん産ませてサーカスに売るっていうのも悪い商売じゃないと思うけど」。

彼女の中でもやはり何かが変化していた。けらけらと猛烈に笑いながらも、顔には以前ほどの痛烈な憎しみはなく、背信の奥底にはかすかな情の痕跡が残っていた。が、侯爵はそれには気づかなかった。彼女が遠ざかったのを感じるや、侯爵は少女に言った――

「ほんとに下衆《げす》な女だな」。

侯爵は少女の中に一瞬、関心をもったような様子が見えた気がした。「下衆っていうのがどういうことかわかるかい？」と何か答えてくれることを熱望しながらたずねた。シエルバ・マリアはしかし、その期待には応えなかった。彼女は黙ってベッドに横たえられるのに身をまかせ、羽毛の枕に頭を置かれ、長櫃《ながびつ》の杉材の香りがするリネン*のシーツを膝までかけられるにまかせながら、ただの一度も彼に目を向けはしなかった。侯爵は良心が震えるのを感じた――

「寝る前にお祈りはするの？」。

しかし、少女は彼を見ることすらしなかった。ハンモックでの習慣から胎児のような体勢に身を落ちつけると、おやすみを言うこともなく眠りについた。侯爵は寝ている間にコウモリに血を吸われることがないように細心の注意をもって蚊帳を閉じた。十時になるところで、奴隷たちを追いはらって静けさを取りもどした家の中にあっては狂女たちの歌声が耐えがたく響いた。

侯爵はマスティフ犬たちを解き放ち、すると彼らはもんどりうって祖母の寝室へと駆けつけて、はあはあと声をあげながら扉の割れ目から匂いを嗅いだ。侯爵は彼らの頭を指先で掻いてやり、いい知らせを聞かせて興奮を鎮めた――

「シエルバだよ、今夜からは一緒に暮らすんだ」。

狂女たちが午前二時まで歌声をあげていたせいで侯爵はよく眠れなかった。最初のおんどりの声とともに起きだすと、まっ先に少女の部屋に行ったが、彼女はそこではなく奴隷小屋にいた。一番近くで寝ていた女は怯えて目を覚ました。

「ひとりで勝手に来たんです、旦那様」と女は聞かれる前から口を開いた。「全然気がつきませんでした」。

侯爵にもそれが嘘でないことはわかっていた。彼はシエルバ・マリアが犬に咬まれた時に一緒にいたのはどの女なのか問いただした。カリダー・デル・コブレという名の、唯一のムラータが怯えてぶるぶる震えながら名乗り出た。侯爵は怖がることはないといって相手をなだめた。

「ドミンガ・デ・アドビエントになったつもりでこの子の面倒を見てやってくれ」と彼は女に言った。

そしてその仕事を説明した。一瞬たりとも少女から目を離さないように、そして愛情と理解をもって、しかし甘やかすことなく彼女に接するようにと言い含めた。一番大事なのは、奴隷の庭と屋敷の間にこれから作らせる茨の柵の向こうに行かせないようにすることだった。また、毎日朝起きた時に、そして夜寝る前に、聞かれなくても侯爵にすべてを細大もらさず報告することとされた。

「自分が何をするか、どのようにするか、よく気をつけるんだぞ」と侯爵は最後に言った。「私のこの命令に違反がないように、すべてお前ひとりの責任でやるんだ」。

朝の七時、犬を檻に入れてから侯爵はアブレヌンシオの家に行った。玄関を開けたのは医師本人だった。奴隷も召使もいないからだった。侯爵は自分でも受けて当然だと思われた非難のせりふを自ら発した。

「人のお宅を訪問するような時間ではないのですが」。

医師はもらったばかりの馬のことを恩義に感じており、心を開いて侯爵を迎えた。そして中庭を通って、今では炉の残骸だけが残るかつての鍛冶場の小屋掛けへと案内した。美しい二歳の栗毛馬は古巣を離れて落ち着きがないように見えた。アブレヌンシオはその頬を手のひらで叩いてなだめすかす一方、耳もとでは適当な約束をラテン語でささやいた。

侯爵は死んだ馬をアモール・デ・ディオス病院の旧果樹園に埋葬させたことを伝えた。それはコレラの流行期に富豪たちの墓地として聖別された場所だった。アブレヌンシオは身に余るご好意であると言って感謝した。話をしていると、アブレヌンシオは侯爵が絶えず少しばかり身を引いて立っていることに気がついた。聞いてみると、侯爵は実は一度も馬に乗ったことがないのだと白状した。

「馬のことは実は鶏と同じくらい怖くてですね」と侯爵は言った。

「それは残念ですな、馬と交流ができないせいで人類は伸び悩んできたんですから」とアブレヌンシオは言った。「もしそれを克服できたなら、われわれは*ケンタウロスを作ることができるんですがね」。

家の内部は外洋に向けて開かれたふたつの窓から明かりをとっており、頑固に独身暮らしを続ける男性特有のこれでもかといわんばかりの几帳面さで整頓されていた。家じゅうがさまざまな香油の香ばしさに満ち、医学の有効性を信じるよう誘うのだった。整理整頓された書き物机があり、ガラス棚にはラテン語のラベルがついた磁器の瓶がところ狭しと並んでいた。治療用のハープは片隅に追いやられて金色の埃に覆われていた。もっともよく目につくのは書物だった。ラテン語のものが多く、背はいずれも装飾模様で飾られていた。ガラス戸の中に収められているのもあれば書棚に並んでいるのや、注意深く床に積まれているのもあり、医師は薔薇園を抜ける犀よろしく書物の間の小道を渡り歩くのだった。侯爵はその本の数に圧倒されていた。

「人間の知識というのはすべてこの部屋の中にあるんでしょうね」と彼は言った。

「書物なんて何の役にも立ちませんよ」とアブレヌンシオは陽気に言った。「他の医者の薬のせいで病気になった患者を治すことで私の人生は過ぎてしまいました」。

寝ていた猫をどけて彼自身のための安楽椅子を侯爵にすすめた。坩堝《るつぼ》で自らこしらえた薬草の煎じ薬を侯爵に差し出す一方、医者としての体験談を続けたが、やがて侯爵が興味を失ってしまっていることに気づいた。たしかにそうだった――突然立ち上がった侯爵は彼に背を向けて、人を拒むような海を窓から見つめているのだった。それからようやく、背を向けたまま、侯爵は勇気をふるって口を開いた。

「先生」と呟くように言った。

アブレヌンシオはそう呼ばれるのを予期していなかった。

「どうしたんです？」。

「医学上の厳粛な守秘義務のもとで、先生にだけ告白して申し上げるんですが、人が言っていることは本当なんです」と侯爵は重々しい調子で言った。「うちの娘もあの狂犬病の犬に咬まれたんです」。

彼は医師に目をやったが、相手は動揺してはいなかった。

「ええ、知ってます」と医師は言った。「こんな早い時間に見えたのはそのせいなんでしょう」。

「その通りです」と侯爵は答えた。そして、病院で見た患者についてすでにした質問をくりかえした――「何がしてやれるんでしょうか?」。

前日の残酷な返答をくりかえすかわりに、アブレヌンシオはシエルバ・マリアを診察したいと申し出た。それこそ侯爵が頼みたかったことだった。両者の意見は一致したのであり、馬車は戸口で待っていた。

家に着くと、ベルナルダは鏡台について、最後に愛を交わした遠い日々――彼としてはすでに記憶から抹消している日々――のような媚態を装いながら、誰のためにともなく髪をとかしているところだった。部屋には彼女の石鹼の放つ春の香りが充満していた。彼女は鏡の中に夫の姿を認め、棘のない調子で言った――「ぽんと人に馬をあげたりして、そんな余裕がうちにあって?」。侯爵は返答を避けた。乱れたベッドからふだん着の上っ張りをつかみ、ベルナルダの頭の上に放り投げて情け容赦なく命じた――

「服を着たまえ、医者が来た」。

「御免こうむるわ」と彼女は言った。

「きみのためじゃない、きみにも大いに必要だが」と侯爵は応じた。「あの子のためだ」。

「何の役にも立たないわよ」と彼女は言った。「死ぬか死なないか、どの道同じことよ」。しかし、好奇心にかられて彼女は聞いた――「誰なの?」。

「アブレヌンシオだ」と侯爵は答えた。

ベルナルダは動転して騒ぎたてた。自らの体面をひねくれ曲がったユダヤ人の手にまかせるくらいなら、この場でそのまま、ひとりぼっちで、裸で死んだ方がまだましだった。アブレヌンシオは彼女の両親の家の家庭医だったことがあり、しかし、自分の診断の正しさを吹聴して患者の病状を言いふらすので首にしたのだった。しかし侯爵は折れなかった。

「きみには気に食わないことかもしれないし、私にとってはなおさら気に食わないことだが、きみがあの子の母親であることには変わりがない」と言った。「その神聖な権利ゆえ、診察に立ち会ってくれと頼んでいるんだ」。

「あたしに代わって勝手にあなたたちの好きなようにしてちょうだい」とベルナルダは応じた。「あたしはもう死んだものと思って」。

予想に反して、少女はむずかることなく、まるでぜんまい仕掛けのおもちゃを見る時のような好奇心をもって全身の詳細な診察に身をまかせた。「私たち医者は手でものを見るんだよ」とアブレヌンシオは彼女に言った。少女は面白がって、初めて彼に笑みを見せた。

健康状態が良好であることは見るからに明らかだった。見捨てられたような様子にもかかわらず、彼女は調和のとれた体をしていたし、全身はほとんど目につかない金色の産毛《うぶげ》に覆われて、しあわせな開花に向かう最初の徴候が見て取れた。歯は完璧だったし、目には洞察力があふれ、足は穏やかに伸び伸びとして、手には英知が満ち、髪の毛のひと房ひと房は長生きの前奏曲を奏でていた。ずる賢い執拗な尋問にもいやがることなく落ちつきはらって答えたので、彼女のことを知りすぎるほど知っている人間でなければどの答も嘘であることはとうてい見抜きえなかった。彼女が緊張に張りつめたのは唯一、医師が足首のかすかな傷痕を見つけた時だった。アブレヌンシオは如才なく少女を出し抜いた――

「転んだの?」。

少女はまばたきひとつせずに答えた――

「ブランコから落ちたの」。

医師はラテン語で自分と対話を始めた。侯爵はそれをさえぎって言った――

「俗人にもわかるように言ってください」。

「あなたに言っているのではありません」とアブレヌンシオは答えた。「私は後期ラテン語で考えごとをするんです」。

シエルバ・マリアはアブレヌンシオの手慣れた手法にすっかり気を許していたが、それも彼が胸に耳をつけて聴診を始めると変わった。心臓は動揺した鼓動を打ち、肌はかすかに玉ねぎの匂いのする蒼白で氷のような露を放った。終わると医師は彼女の頬を情愛のこもった手で軽く叩いた。

「きみはとても勇気のある子だ」。

侯爵とふたりだけになってからアブレヌンシオは、少女はあの犬が狂犬病だったことを知っているのだと告げた。侯爵には理解できなかった。

「いろいろでたらめを言ってましたが、そんなことは言わなかったじゃないですか」と侯爵は言った。

「彼女が言ったんじゃありません、侯爵」と医師は答えた。「彼女の心臓が私に言ったんです――まるで檻に入れられた子ねずみみたいでした」。

侯爵は娘が口にした驚くべき嘘の数々を、不快げにではなく、父親としてのある種の誇りをこめて長々と数えあげていった。「ひょっとしたら詩人になるのかもしれませんな」と彼は言った。

アブレヌンシオは嘘が芸術の基本条件であるというのには同意できなかった。

「ことばがよく澄んでいれば、それだけ詩情がはっきりと見えるものです」と彼は言った。

唯一、彼に解釈ができなかったのは、少女の汗の玉ねぎの匂いだった。匂いと狂犬病の間に関係があるという説は知らなかったので、それは何を意味するものでもないと彼は見なした。のちになってカリダー・デル・コブレが侯爵に明かしたことだが、シエルバ・マリアは秘密裡に奴隷たちの科学に身をまかせていたのであり、犬の呪いをはねのけるために彼らの指示でマナフーの木の樹脂を嚙んだり、玉ねぎの蔵に裸で閉じこめられたりしていたのだった。

アブレヌンシオは狂犬病の症候について、甘いことはひとつも言わなかった。「最初の症状は、咬み傷が深ければ深いほど、そして脳に近ければ近いほど、激しく、しかも早く出るものです」と彼は言った。また、彼の患者で死ぬまでに五年が経過した例があることを話したが、そのケースでは、後になってから気づかぬうちに感染した可能性があるとのことだった。傷の治癒が早かったこと自体には何の意味もなかった——ある程度の時間がたってから傷が腫れてきて、口を開き、膿《うみ》が出ることもありえた。最後の苦しみは、死んだ方がましなほどすさまじいものになるのだった。そうなってからできることといえば唯一、アモール・デ・ディオス病院に助けを求めることだった。そこには狂乱した異端者や悪霊憑きの扱いに慣れたセネガル人職員*がいるからだった。もしそれがいやなら、侯爵が自ら、少女を死ぬまでベッドに鎖で結わえつけておくという苦しみを引き受けなければならないのだ。

「長い人類の歴史を通じて、狂犬病を患って治った者はひとりとしていないのです」とアブレヌンシオは締めくくった。

侯爵はいかに重い十字架であろうとも背負う覚悟を固めた。つまり、少女が死ぬのであれば自宅で死ぬのだ。医師は彼に視線を向けてその決意を讃えたが、それは敬意の視線というよりもむしろ哀れみの視線のようだった。

「侯爵、あなたのような方にはまったくふさわしい崇高な決意です」と彼は言った。「そして、あなたの強靭な魂が、かならずやそれに耐えぬくであろうことは疑いありません」。

アブレヌンシオは現段階での予想としてはけっして憂慮すべき状況にないことを再度言った。傷は危険が大きい場所からは離れており、誰も血が出たことは確認していないのだから。確率としては、シエルバ・マリアは狂犬病に感染していない可能性が高いのだ。

「で、当面はどうしたら?」と侯爵はたずねた。

「当面は」とアブレヌンシオは口を開いた。「音楽を聞かせてやったり、家に花を飾ったり、鳥の歌を聞かせたり、海に落ちる夕日を見に連れていったり、彼女が欲しがるものを何でもあげたりして、しあわせにしてやることです」。彼は帽子を空中で素早く振り、いつものようにラテン語の格言を口にして別れの挨拶とした。しかし、今回は侯爵に敬意を表してそれを翻訳して聞かせた――「幸福によって癒せぬものを癒す医術なし」。

2

侯爵がいかにしてかくのごとき懶惰《らんだ》な暮らしに陥ったのか、また、何不自由なく安楽なやもめ暮らしを送れる立場にあるのに、なぜこれほどにまでこじれた結婚生活を続けていたのか、それは誰にもわからなかった。父である初代侯爵の桁外れの権勢からすれば、彼には何でも好きなことができたはずだった。*サンティアーゴ騎士団の騎士であった初代侯爵は専横無尽の奴隷商人にして情け容赦ない騎兵隊長であったのだし、他ならぬ国王自身が、惜しみなく名誉と俸禄とを分けあたえる一方、その不正には目をつぶったものだったのだから。

しかし、その唯一の世継ぎであったイグナシオには何の才能も見られなかった。確実に知恵遅れの徴候を示しながら育ち、結婚すべき年齢になるまで文盲だったし、どの女も欲しがらなかった。二十歳になって初めて見せた生気の徴候とは、幼少のころから子守歌がわりにその歌声や悲鳴を聞いて育ったディビナ・パストーラ病院の収容患者のひとりに恋心を抱いて結婚したいと言いだしたことだった。その女の名はドゥルセ・オリビアといった。それは王家御用達の馬具職人一家のひとり娘で、ほぼ二世紀にわたる一家の伝統が彼女の代で途絶えることがないよう鞍作りの技術を習わされた女だった。こうして異例にも男の仕事にかかわったことが正気を失う原因となったとされていたが、彼女はまことに具合の悪い狂い方をしていて、自分自身の排泄物を食べないよう教えるのは困難をきわめた。その点さえなければ彼女は、これほど輝きのない植民地生まれの侯爵にとって、これ以上ないほどぴったりの相手となったはずだった。

ドゥルセ・オリビアは生き生きとした機知の持ち主で性格もよく、頭がおかしいことを見抜くのは容易ではなかった。初めて目にした時から若きイグナシオは、テラスに集まって騒ぐ女たちの中で彼女を見分け、その同じ日のうちから両者は合図で心をかよわせるようになった。紙を折って小鳥を作るのがうまいことで知られていた彼女は、折り紙の鳩に伝言を書いて飛ばしてきた。彼の方は彼女と文通するために読み書きを覚え、それが正真正銘の恋愛——誰もそうとは考えたがらなかったが——の始まりとなった。初代侯爵は仰天して、公にそれを否定するようにと息子に迫った。

「本当なんです」とイグナシオは答えた。「それだけでなく、結婚を申しこむ許可も彼女からもらってます」。頭がおかしい相手だという議論には彼なりの論理で対抗した——

「どんな狂人も、こっちがその論理を受け入れれば狂人とは言えなくなります」と。

父親は彼を田舎の農園に、領主としての権能をあたえて追放したが、彼はその権利を使おうとしなかった。それはまるで生きながらの死だった。イグナシオはあらゆる動物に対して恐怖心をもっていたが、鶏だけは別だった。しかしながら、農園で生きた鶏を子細に観察して、それが牛と同じ大きさまで大きくなったところを想像した結果、陸上水中を問わずあらゆる生きものの中で鶏が一番不気味な怪物であることに気がついた。暗闇の中で冷たい汗をかき、夜明けには牧草地の非現実的な静寂に息苦しくなって目を覚ますようになった。寝室の前でまばたきひとつせずに番をしている狩猟用マスティフ犬は他のどの危険よりも彼にとっては不安の種だった。それを彼はこう表現した——「ぼくは生きていることに怯えながら生きている」と。この追放生活において彼は、陰気な気質と用心深い態度を、物思いがちな性格と生気のない物腰を、緩慢な口ぶりと、修道院の独居房こそふさわしいものと見える神秘主義的な性向を身につけたのだった。

追放生活の最初の年のことだったが、彼はある晩、川が増水したような騒がしい音に目を覚ました。農園の家畜が満月の明かりのもと、まったく黙りこんだまま寝ぐらを捨てて原野に向かっているのだった。彼らは通り道をふさぐものすべてを音もなくなぎ倒しながら、一直線に放牧地や砂糖黍畑《さとうきび》、川の激流や沼沢を横切っていった。前方には大型の家畜や荷役用騎乗用の馬や驢馬《ろば》が行き、後方には豚や羊や家禽《かきん》類が不気味な列をなして夜の中へと消えていくのだった。長距離を飛べる鳥たちまでもが、鳩を含めて、歩いて姿を消した。マスティフ犬だけが主人の寝室の前の定位置で朝を迎えた。これが、侯爵とその番犬、そしてその後に家で飼われることになった数多くのマスティフ犬たちとの間の、ほとんど人間同士のような友情の始まりだった。

命の気配のなくなった農園で恐怖の限界に達した若きイグナシオは、愛をあきらめて父親の企図に屈伏した。父親の方は、息子に愛を放棄させるだけでは満足せず、スペインの大貴族の世継ぎ娘と結婚せよという遺言条項を課した。そのせいでイグナシオは、大がかりな婚礼を経てドニャ・オラーヤ・デ・メンドーサをめとることになった。それはきわめて美しく、さまざまな才能に大いに恵まれた女性だったが、イグナシオは彼女に子供という恩典をあたえたくないばかりに手を触れず、処女のまま放置した。要するに彼は、生まれた時からずっとそうであったように、何の役にも立たない独身者として暮らし続けたのだ。

ドニャ・オラーヤ・デ・メンドーサは彼を世の社交界に送り出した。ふたりは荘厳ミサ*に、信仰のためよりも姿を見せておくために出席した。彼女はフリルのたくさんついたよそいきのスカートにきらめくショールを羽織り、スペインの白人たちが使う糊の効いたレースの頭巾をつけて、随行する奴隷女たちにも絹の服に金の飾りをまとわせて教会に出かけた。もっとも気取った女たちでさえ教会には家で使う室内履きを履いて出かけるものだったが、彼女は真珠飾りのついたコルドバ革*の踵の高い半長靴を使った。時代がかったかつらにエメラルドのボタンを愛用する他の貴族たちとは対照的に、侯爵は身にぴったりした木綿の服に、やわらかいつばなし帽をかぶった。しかしながら、彼は社交生活に対する恐れをけっして克服することができなかったため、公式行事に参加するのはいつも無理強いされてのことだった。

ドニャ・オラーヤはセゴビア*でスカルラッティ*・ドメニコに学んだことがあり、学校や修道院で音楽と歌唱を教える免状を成績優秀で授かっていた。彼女はヨーロッパからクラビコード*を部品に分解して持ってきて、自分で組み立てたばかりでなく、さまざまな弦楽器を見事に弾き、また教えた。修道院の修練女たちの楽団を組織して、イタリアやフランスやスペインの最新の音楽で屋敷の午後を満たした。その楽団は聖霊の抒情に満ちていると評されるようになった。

侯爵自身は音楽には向いていないようだった。自分でもフランス人ふうに、手は画家の手を持っているのだが耳は砲兵の耳だと言っていた。しかし、楽器類の梱包が解かれたその日から、彼はイタリアン・テオルボ*に興味を示した。糸倉《いとぐら》がふたつある珍しさ、指板《ゆびいた》の大きさ、弦の数の多さ、そしてその澄んだ音色にひかれたのだった。ドニャ・オラーヤは彼が自分と同じくらいうまく弾けるようになるよう力をつくした。ふたりは幾多の朝を果樹園の木の下で、つっかえつっかえの練習曲を弾いて過ごした。彼女は辛抱強く、愛をもって、彼は石工のような頑固さをもって。

するとついにある日、一曲のマドリガル*が彼らの努力に心を打たれてその手にするりと身をまかせたのだった。

音楽は夫婦の調和を格段に向上させたため、ドニャ・オラーヤは足りなかった最後の一歩を敢えて踏み出すことにした。ある嵐の夜、おそらく怖くもないのに怖いと偽りながら、彼女は未だ触れぬ夫の寝室に出向いた。

「このベッドの半分は私のものでしょ」と彼女は言った。「だから取り返しに来たの」。

侯爵は頑として譲らなかった。道理によって彼を屈伏させせられないのなら力ずくででも、と彼女は彼女なりの方法で押し続けた。しかし、人生はふたりにそれだけの時間をあたえなかった。とある十一月の九日、ふたりはオレンジの木の下でデュエットを弾いていた。空気は澄んで空は雲ひとつなく高く晴れ上がっていたが、その時、突然の稲妻にふたりの目は眩《くら》み、地鳴りのような轟音に我を失った。ドニャ・オラーヤは電光に焼かれて倒れていた。

驚愕した町の人々はこの悲劇を、口にしえぬ恥ずべき罪に対する神の怒りの激発であると解釈した。侯爵は女王にこそふさわしいような葬儀を手配し、そこに初めて、黒の礼服をまとって蒼白な顔であらわれた。それはどちらも、彼がそれから一生身につけ続けることになるものだった。墓地から帰ってくると、彼は果樹園のオレンジの木の上に折り紙の鳩が雪のように舞っているのを見いだして驚いた。その中の一羽をつかまえて開いてみると、こう書かれていた――「あの稲妻は私の稲妻」。

侯爵は死後九日目の供養が終わるのを待たずに、長子としての裕福な暮らしの基盤となっていた物質的財産を大方、教会に寄付した――モンポス*とアヤペルにあったふたつの牧場、町からわずか二レグア*離れたマアーテスに持っていた二千ヘクタールの土地、それに加えて交配用と騎乗用の馬の群れ、農耕用の農園ひとつとカリブ沿岸地方一とされる砂糖農園だった。侯爵家には莫大な富があるという伝説は、膨大な未利用地を所有しているという思いこみに基づいており、その架空の境界線は記憶の中で曖昧になって、ラ・グアリーパの沼沢やラ・プレーサの低地を越えてウラバー湾*のマングローブ地帯にまでいたっているものと考えられていた。しかし、実際に彼の手もとに残ったのは、風格のある邸宅と最小限にまで削られた奴隷の裏庭、それにマアーテスの砂糖農園だけだった。家の中を取り仕切る仕事はドミンガ・デ・アドビエントにまかされた。老ネプトゥーノは初代侯爵が任じたまま御者という地位に留め置かれたが、残されたわずかな馬の世話も彼の仕事となった。

　先祖伝来の薄暗い屋敷に生まれて初めてひとりで暮らすことになった彼は、寝ている間に奴隷たちに殺されるのではないかという植民地貴族特有の恐怖ゆえ、暗闇ではほとんど眠ることもままならなかった。夜中に突然目を覚ましては、採光窓にのぞいていた燃える瞳がこの世のものなのか、あの世のものなのかと頭を悩ませた。また、忍び足でドアに近づいて急に開けてみると、そこに鍵穴から中をのぞいている黒人を見つけることも一度ならずあった。彼らが虎のように足音をひそめて廊下をすべっていくのも感じた。彼らは、肌がぬるぬるしてつかまらないように、裸の身にココナツ油脂を塗っているのだった。このようにたくさんの恐怖が待ち受けているのにうろたえた彼は、夜が明けるまで明かりを灯しておくように命じ、屋敷の空間を少しずつ占領しはじめた奴隷たちを追放し、さらには、戦うように仕込まれたマスティフ犬を初めて屋敷に導入したのだった。

館の門は閉ざされた。湿気のせいでびろうどがひどい匂いになるフランス製の家具は遠ざけられ、*ゴブラン織りの壁掛けや磁器の焼き物や名作の仕掛け時計などは売り飛ばされ、不要なものが取り去られた寝室で暑さをまぎらすには撚《よ》り糸《いと》のハンモックで十分とされた。侯爵はもう二度とミサにも静修会にも出なかったし、祭礼行列で聖体を担うこともなく、祝日を祝うことも四旬節の精進を守ることもなかったが、教会税だけは期日通りに払い続けた。彼はハンモックに避難所を見いだし、眠気の増す八月には寝室でも時々使ったし、庭のオレンジの木の下ではほとんど毎日昼寝に使うようになった。隣の狂女たちは彼に生ごみを投げつけたり、かわいらしい罵《ば》詈《り》雑《ぞう》言《ごん》を浴びせたりしたが、政庁が侯爵に配慮して、いざ精神病院の移転を提案すると、侯爵は彼女らに対する感謝の念から移転に反対した。

許婚者《いいなずけ》のそっけなさにうちひしがれたドゥルセ・オリビアは、実現しなかった暮らしを懐かしむことで自分を慰めた。そして、機会を見つけては果樹の庭に通じる抜け道を使ってディビナ・パストーラ病院から抜け出した。愛情によってマスティフ犬たちをてなづけて味方につけ、睡眠時間をけずって自分のものとはならなかった家の面倒を見た。幸運のためにバジリコの箒で床を掃き、蚊を追い払うために寝室に数珠つなぎのニンニクをぶら下げた。何事もなりゆきまかせにできないたちのドミンガ・デ・アドビエントだったが、彼女は結局死ぬまで、なぜ廊下が前夜よりもきれいになって朝を迎えるのか、自分が整理したものがなぜ朝になると変わっているのか、知ることがなかった。やもめとなって一年がたつ前に、侯爵はドゥルセ・オリビアが家の中にいるのを初めて見つけた。彼女は奴隷女たちがちゃんと鍋釜をきれいにしていないと感じて自ら磨いているところだった。

「そこまで大胆になるとは思わなかったな」と侯爵は言った。

「あなたがいつまでたってもあんまり情けないからよ」と彼女は答えた。

こうしてかつて少なくとも一度は愛に近いものだったことのある禁じられた友情が復活した。ふたりはきまりきった日常に慣れた老夫婦のように、幻想もなく恨みもなく、よく夜明けまで話しこんだ。ふたりともそれで幸せであると感じていたし、実際にそうだったのかもしれないが、ひとたびどちらかが一言言いすぎたり、一歩踏み間違えたりするや、その夜はマスティフ犬までもが気圧《けお》されてしまうような乱暴な大喧嘩へと墜落していった。するとすべてが振り出しにもどり、ドゥルセ・オリビアは長いこと屋敷に姿を見せなくなった。

侯爵は彼女に告白して言った――この地上の富を軽蔑するようになったのや、自分のありようが一変したのは、信仰心が芽生えたからではなく、逆に、電光によって焼けただれた妻の死体を見た時、一気に信仰を失ったことによる恐怖感のせいなのだ、と。ドゥルセ・オリビアは彼の心を慰めるためなら何でもすると言った。台所と寝室の両方で従順な奴隷になるとまで言った。しかし、彼は折れなかった。

「二度と結婚はしない」と彼は誓って言った。

しかし、それから一年もしないうちに、彼は秘密裡にベルナルダ・カブレーラと結婚していた。ベルナルダというのは以前、彼の父親のもとで農園の現場監督を務め、それから食料品の商売で成功した男の娘だった。ふたりが初めて知り合ったのは、ドニャ・オラーヤの好物の塩漬け鰊と黒オリーブを託されて娘が届けに来た時のことで、ドニャ・オラーヤの死後も彼女が侯爵のもとに商品を届け続けていたのだった。ある午後のこと、庭のハンモックに寝そべっている侯爵を見つけたベルナルダは、その左手に浮き出るように書かれている運勢を読んでみせた。侯爵はその的中ぶりにすっかり感銘を受け、何も買うものがない時でもシエスタの時間にベルナルダを呼びつけた。しかし、二か月が過ぎても彼の方からは何の手出しもしなかった。そこで彼にかわって彼女の方が積極策に出た。彼女はハンモックの上で攻撃的に彼に乗りかかり、そのチラバの裾をまくりあげて、彼が息も絶え絶えになるまで口を封じた。それから彼女は、孤独な性の貧弱な快楽しか知らない侯爵には想像もつかなかった熱情と英知をもって彼を蘇生させ、そして、その童貞を栄光もなく奪い去った。彼は五十二歳になったところで、彼女は二十三歳だったが、年齢の違いは何の妨げにもならなかった。

ふたりはそれからもシエスタの時間に、オレンジの木の宗教的な木陰で、心ない大急ぎの愛を交わし続けた。狂女たちはテラスの上から淫らな歌を歌って彼らをたきつけ、競技場のような拍手喝采でふたりの勝利を祝った。待ち受けている危険に侯爵が気づく前に、ベルナルダは妊娠二か月であるという知らせを告げて彼の夢心地を破った。彼女はさらに、自分が黒人ではなく、改宗したインディオ*とカスティーリャ出身の白人女の間の娘であることをあらためて申し渡し、したがって体面を守るためには正式な結婚しかないことを告げた。侯爵は決断せずに放っておいたが、するとある日ついに、彼女の父親が時代がかった火縄銃を斜めにかついでシエスタの時間に門を叩いた。彼は口数少ない物腰やわらかな男で、侯爵の顔に目をやることなく銃を手渡した。

「これが何だかご存じですか、侯爵閣下？」と彼は聞いた。

侯爵は受け取った銃をどうしていいのかわからなかった。

「私の知恵のかぎりでいえば、火縄銃だと思いますが」と侯爵は言った。そして、本当にわからずに聞いた――「いったい何に使うんですか?」。

「悪者から身を守るためです、閣下」とインディオの男はなおも侯爵の顔を見ずに言った。「今、これを持ってきたのは、閣下が私をありがたく殺してくださるかと思いまして。私が閣下を殺すことになる前に」。

侯爵は相手の顔を見た。悲しげな物言わぬ小さな目をしていたが、侯爵はそれがことばにせずに言っていることを理解した。彼は火縄銃を返し、両者の合意を祝すべく準備を進めるようにと言い渡した。二日後、近隣の教会の司祭が彼女の両親と両者の名付け親の立ち会いのもとで婚礼の儀を執り行なった。それが終わると、サグンタがどこからともなく姿をあらわし、新郎新婦を幸福の花冠で飾った。

いつになく雨が長引くある朝、射手座の星のもとに、七か月で、しかも難産で、シエルバ・マリア・デ・トードス・ロス・アンヘレスが生まれた。それは青ざめたオタマジャクシのような赤ん坊で、巻きついたへその緒であやうく首が締まりそうになっていた。

「女の子です」と産婆は言った。「でも生きられないでしょう」。

ドミンガ・デ・アドビエントが守護聖人たちにこう約束したのはその時だった――もしこの子をありがたく生き延びさせてくださったら、この子の結婚式のその夜まで髪をけっして切りません、と。そう約束するかしないかのうちに、少女は突然泣き声を上げた。ドミンガ・デ・アドビエントは歓喜にもまれて歌い声をあげた――「この子は聖人になるわ!」。少女がすでに産湯で洗われ服を着せられてから目にした侯爵は、それほど炯眼《けいがん》ではなかった。

「ろくでもない女になるな、神がこの子に命と健康をあたえたら」と彼は言った。

貴族と平民の間の娘として生まれた少女は、捨て子同然の幼児期を送った。彼女の母親は最初にして最後となるただ一回の授乳をした時から子供を毛嫌いしだし、自らの手で殺してしまうことになるのを恐れて二度と世話するのを拒んだ。そこでドミンガ・デ・アドビエントが授乳をし、洗礼名をつけ、オロクンの庇護に託した。オロクンとは性別の判然としないヨルバ族の神で、恐ろしい顔をしていると自分で思っているため夢の中にしかあらわれず、その時にもいつもお面をつけている神だった。奴隷の裏庭に移されたシエルバ・マリアは、ことばを話すようになる前から踊りを覚え、アフリカの言語を三つ同時に身につけ、朝起きるとまずおんどりの生き血を飲むようになり、白人たちの間をまるで肉体のない生き物のように目にもつかず耳にも聞かれずにすべるように移動することを覚えた。ドミンガ・デ・アドビエントは彼女のまわりに、黒人奴隷や混血の女中や、インディオの家政婦などからなる陽気な取り巻きを集め、その女たちが少女をその時々に応じた薬草湯に入れたり、イエマヤーの祭りで汚《けが》れをはらったり、五歳にして腰まで達するようになった奔流のような髪を薔薇園のように大事に世話したりした。奴隷女たちは次第にいろいろな神々の数珠を彼女の首にかけていき、その数はついに十七本にまで達した。

侯爵が果樹の庭で植物のように無為に暮らす一方で、ベルナルダは家の実権をすでにしっかりと握っていた。彼女が最初に試みたこととは、夫が手放してしまった富を、初代侯爵の権力を後ろ楯にして盛り返すことだった。先代の侯爵は存命中、奴隷ひとりにつき小麦粉を二樽同時に輸入することを条件として、八年間で五千人の奴隷を売る許可を受けていた。彼は熟達した詐術を駆使し、また、税関吏を買収することによって、政庁に納付することになっている小麦粉を売り飛ばし、さらには、奴隷を三千人余計に密輸して売り、それによって個人としてはその世紀のもっとも裕福な商人となったのだった。

儲かるのが奴隷ではなくて小麦粉の方であることに気づいたのはベルナルダだった。実際にはビジネスの要は、彼女の信じがたいほどの口説き上手にあったのだが。四年間で千人の奴隷を輸入して、奴隷ひとりにつき小麦粉三樽を納めるという許可を一回得ただけで、彼女は大儲けをした——定められた通りに千人の黒人奴隷を売り、しかし、小麦粉は三千樽ではなく一万二千樽輸入した。それは世紀最大の密輸となった。

そうなると彼女は一年の半分をマアーテスの砂糖農園で過ごすようになった。副王領の全内陸部との交通に便利なマグダレーナ河*が近いため、そこに事業の本拠を置いたのだった。侯爵の家には彼女の繁盛ぶりについて断片的な知らせが届くだけで、彼女は誰にも商売の詳細を報告する必要がなく自由だった。それに対して、侯爵家にもどって過ごす時の彼女は、体の不調が始まる前からすでに、まるで檻に入れられたマスティフ犬のように不自由そうだった。ドミンガ・デ・アドビエントはそのさまをこう表現した——「尻の穴が抜け落ちちゃうんですよ」と。

世話係の奴隷女が死ぬと、シエルバ・マリアは生まれて初めて屋敷内で安定した位置を占めるようになり、初代侯爵夫人が住んだ豪華な寝室が彼女のために準備された。家庭教師が雇われ、スペイン式のスペイン語と算数の基礎と自然科学の授業が行なわれた。家庭教師は読み書きも教えようとした。しかし、シエルバ・マリアはそれを拒絶した。話によれば、それは文字というものを理解できないからだということだった。また、修道女ではない世俗の先生が音楽鑑賞の初歩を教えた。これには彼女も興味を示し、センスもよかったが、辛抱が足りずにどの楽器も身につかなかった。女教師は怯えを感じて辞表を出し、侯爵に暇を告げる時にこう言った——

「お嬢様は才能がないというのではないんです、ただ、この世の人ではないんです」と。

ベルナルダは娘に対して抱いていた恨みの感覚を抑えたいと思っていたが、じきに、責任は彼女にあるのでも少女にあるのでもなく、両者の生まれつきの性質にあることが明らかになった。彼女の娘にはある種の霊的な性質があるらしいと気づいた時から、彼女はぴりぴりと落ちつかぬ気持ちで暮らすようになっていた。何気なく後ろを振り返ってみると、薄手の羅紗布《ラシャ》をまとって野生の髪を膝裏まで伸ばしている物憂げな少女が不可解な目でじっと見つめているのに出くわす、というその瞬間のことを考えただけで震えが走った。「おまえさん！」とベルナルダは叫んだ。「だめ、そんなふうに見るのは！」。また、商売のことに神経を集中している時ほど、待ち伏せしている蛇のような息づかいを首もとに感じて飛び上がることになった。

「おまえさん！　入ってくる前には音をたててちょうだい！」と彼女は悲鳴を上げるのだった。

少女はヨルバ語を連発することでさらにベルナルダを怯えさせた。夜になるとさらにひどく、誰かに触れられているという感覚にベルナルダが急に目を覚ましてみると、少女がベッドの足の方から彼女が寝ているのを見つめていたりした。袖口に鈴をつけるという試みも無駄だった。密やかなシエルバ・マリアは鈴を鳴らしたりはしないからだった。「あの子は肌の色が白いだけで、あとは白人じゃないわ」と母親は言った。たしかにその通りで、少女は本名と、自分でつけたアフリカ名――マリア・マンディンガ*といった――とを使い分けていた。

ふたりの関係が危機を迎えたのはある早朝、カカオを食べすぎたベルナルダが死ぬほど喉が渇いて目を覚まし、水瓶《みずがめ》の底にシエルバ・マリアの人形が揺れているのを見つけた時だった。彼女にはそれは、ただのふつうの人形が水の中で浮き沈みしているのだとは思えなかった。それはもっとぞっとするようなもの、つまり死んだ人形に違いなかった。
シエルバ・マリアがアフリカ式の呪いをかけたのだと確信した彼女は、これ以上両者が同じ家の中にいることはできないと決めた。侯爵はおずおずと仲裁を試みたが、彼女はきっぱりと言い放った――「あの子か、あたしか、ふたりにひとりよ」。こうしてシエルバ・マリアは奴隷小屋にもどり、母親が砂糖農園の方に行っている時にもそのままそこにとどまることになった。彼女は生まれた時と変わらず不可解なままであり、しかもまったくの文盲だった。

しかし、その後もベルナルダはいい方向には向かわなかった。彼女はフダス・イスカリオテを引き止めておくために威厳を失い、二年しないうちに事業の方向も見失い、人生そのものの道筋まで狂わせた。彼女は男に*ヌビアの海賊や、トランプのハートのエースや東方の三博士のメルキオル王などの扮装をさせては城外の下町へと連れ歩いた。ガレオン船団が港に錨を下ろして、町じゅうに浮かれた騒ぎが伝播する半年間は特に頻繁に出かけた。その時期には城壁外に臨時の飲み屋や売春宿が立ち並び、発見されている世界の隅々から来た商品を目当てに、*リマやポルトベーロやハバナやベラクルスからやってくる商人たちを迎えるのだった。ある晩のこと、漕刑囚《そうけいしゅう》相手の飲み屋で死ぬほど酔っぱらったフダスは、いわくありげにベルナルダに寄り添った。

「口を開けて目を閉じて」と彼は言った。

ベルナルダは言われた通りにし、すると彼は*オアハカ産の魔法のチョコレート粒を彼女の舌に乗せた。ベルナルダはすぐにそれと気づき、吐き出した。子供のころからカカオが特別に嫌いだったからだ。フダスはそれが聖なる物質で、人生を楽しくし、肉体を強くし、気力を充実させ、セックスをよくするものだと言って説得した。

ベルナルダは弾《はじ》けるような笑い声を上げた。

「もしそうなんだったら」と彼女は言った。「サンタ・クララの尼さんたちは今ごろ闘牛の牛になってるわよ」。

彼女はすでに蜂蜜酒には深入りしており、これは結婚する前から昔の学校の友人たちと一緒にやっていたものだったが、今では口からだけでなく、砂糖農園の暑い空気の中で五つの穴全部から入れるようになっていた。また、フダスとともに嚙みタバコも覚えたし、*シエラ・ネバーダのインディオたちのようにコカの葉をヤルモ樹の灰と混ぜて嚙むのも経験済みだった。あちこちの飲み屋でインドの*カンナビスは吸ったことがあったし、*キプロスの生松脂も、レアル・デ・カトルセ産の*ペヨーテも、また、フィリピンの密輸商人が中国航路で運んでくる阿片も少なくとも一度は試したことがあった。にもかかわらず、カカオ粒が一番いいというフダスの主張も心に止めた。そして、それ以外のすべてを経めぐったのち、彼女はカカオの効能を認め、他のすべてに増してそれを好むようになったのだった。フダスはその後、盗みやポン引き、時には男色にも手を出すようになったが、何ひとつ不自由のない身の上ゆえ、いずれも訳もなく悪事をやってみたいからにすぎなかった。ある不吉な夜のこと、ベルナルダがいる前で、彼はトランプをめぐる争いから船団の漕刑囚三人と素手で渡り合い、椅子でむちゃくちゃに殴られて殺された。

ベルナルダは砂糖農園に逃れこもった。屋敷は流されるがままにまかされ、そのまま難破することがなかったのはひとえにドミンガ・デ・アドビエントの着実な手腕のおかげだった。彼女は結局、シエルバ・マリアを神々が望んだ通りに育てあげた。侯爵も妻が失墜したことをかろうじて聞き及ぶにいたった。砂糖農園から伝わってくる話では、彼女が譫妄《せんもう》状態で暮らしているとか、ひとりでぶつぶつ話をしているとか、一番よく働く奴隷を選んではかつての級友たちとともにその男を分かち合ってローマ式の夜を行なっているとかいうことだった。苦もなくやってきた富は苦もなく去っていき、蜂蜜酒とカカオ粒に支配された彼女は、禁断症状に苛《さいな》まれたらすぐにそれを手に取れるようにとあちこちに分けて隠しておくようになっていた。彼女の手元に確実に残っているものとは、百ペソと四ペソの純金ドブロン金貨*がいっぱいに詰まったふたつの壺だけで、それは儲かっていた時にベッドの下に埋めておいたものだった。彼女の衰退ぶりはあまりにも激しく、まる三年たって、彼女がこれを最後にとマアーテスからもどってきた時には、夫ですら彼女とはわからなかったほどだった。それは、シエルバ・マリアが犬に咬まれる直前のことだった。

三月の半ばにもなると、狂犬病の危険は回避できたように見えた。侯爵は幸運に対する感謝の気持ちから、アブレヌンシオの助言にあった幸福の処方に従って過去の埋め合わせをして娘の心を勝ち取ろうと決めた。彼はすべての時間を娘のために捧げた。髪のとかし方を、そして三つ編みの編み方を覚えようと努めた。白人本来のふるまいを教えようとし、植民地貴族としての一度はついえた夢を彼女のために復活させようとし、また、イグアナのマリネやアルマジロの煮込みといった嗜好を改めさせようと試みた。彼はほとんどすべてのことを試みたが、それが彼女を幸せにすることなのかどうか自問することだけは怠った。

アブレヌンシオは定期的に訪ねてくるようになっていた。なかなか侯爵と話が通じることはなかったが、それでも彼は、異端審問の恐れに萎縮している世界の辺境を生きる侯爵の無意識に興味をもっていた。こうして暑い季節が過ぎていく中、アブレヌンシオは聞いていない侯爵を相手に花咲くオレンジの木の下で話をし続け、侯爵は彼の名など聞いたこともない国王から千三百海里*離れたハンモックの中で頽廃していった。このようなある日の訪問は、ベルナルダの陰気な呻き声によって中断された。

アブレヌンシオはあわてふためいた。侯爵は聞こえなかったふりを続けたが、次の呻き声はとても無視できないほど悲痛なものだった。

「どなただか知りませんが、返事をしてほしがっているようですが」とアブレヌンシオは言った。

「二度目の女房です」と侯爵は言った。

「肝臓をやられているようですね」とアブレヌンシオは続けた。

「どうしてわかるんです?」。

「口を開けて呻いているからです」と医師は答えた。

彼は許しを乞うことなくドアを開け、寝室の暗がりにベルナルダの姿を捜したが、ベッドにその姿はなかった。彼女をその名前で呼んだが、返答はなかった。そこで彼は窓を開け、すると午後四時のメタリックな光は、素っ裸の彼女が床に大の字になって、死ぬほど臭いガスの靄《もや》に包まれているのを生まなましく照らしだした。その肌は黒胆汁に満ちた死にそうな色をしていた。突然開かれた窓の光に目が眩んで彼女は首を上げたが、逆光で医師のことは見分けられなかった。しかし、彼の方は一目で彼女の運命を見抜いた。

「梟《ふくろう》が呼んでるみたいだよ、お馬鹿さん」と彼女に言った。

それから彼は、至急血の洗浄を受ければまだ十分助かる見込みがあることを説明して聞かせた。

ベルナルダは相手が誰なのか気づき、できるかぎり身を起こし、そして一気に罵詈雑言のかぎりを尽くした。アブレヌンシオは動じることなくそれを浴びながらふたたび窓を閉めた。帰りがけに彼は侯爵のハンモックの前で足を止め、正確な予想を告げた――

「侯爵夫人は遅くとも九月十五日までには亡くなりますよ、もしそれまでに梁《はり》で首をくくったりしなければですが」。

侯爵は顔色ひとつ変えずに言った――

「唯一の不都合は、九月十五日というのがずいぶん先だということです」。

侯爵はシエルバ・マリアに対する幸福の治療を相変わらず続けた。サン・ラサロの丘から眺めると、東には底無しの沼地が見え、西には赤い巨大な太陽が、燃え上がる大海に沈みこむのが見えた。彼女は海の反対側には何があるのかとたずね、それに対して彼はこう答えた――「世界がある」。彼はひとつひとつの身振りに対して、少女の中に予想外の波紋が広がるのを見た。ある午後のこと、彼らは、水平線にガレオン船団が帆にはちきれんばかりの風を受けて姿をあらわすのを見つけた。

町は様相が一変した。父と娘は吉兆に満ちたその四月、あやつり人形や火焔を吹く芸人など、港に到着した無数の新しい出し物を楽しんだ。シエルバ・マリアは白人の文化について、わずか二か月間でそれまでの一生でよりも多くを学んだ。彼女を別人に変えようとするうちに侯爵自身もすっかり変わり、しかもその変わりようは、性格が変化したというのではなく、本質をすっかり入れ替えたように見えるほど劇的なものだった。

家の中はぜんまい仕掛けのバレリーナやら、箱入りオルゴールやら、からくり時計やら、ヨーロッパの祭りの縁日で見られるような新奇なものであふれた。侯爵はイタリアン・テオルボを引っ張りだして埃を払った。弦を張り、愛情によってのみ説明される辛抱強さをもって調弦し、年月も惑乱の記憶も変えることのなかったいい声と悪い音程で昔の歌を歌いながら自分で伴奏をした。彼女はそうしたある日、歌の中でいう愛はすべてを可能にするというのは本当なのか、と彼に聞いた。

「本当だよ」と彼は答えた。「でも信じないでおいた方がいいかもしれない」。

いい展開をよろこんだ侯爵は、シエルバ・マリアが無口な鬱状態から立ち直るように、また彼女の教育の仕上げをするために、*セビーリャへ旅することを計画しはじめた。ところが、出発の日どりも行程もすでに決まった段階になって、カリダー・デル・コブレが昼寝中の侯爵を起こして残酷な知らせを伝えた——

「旦那様、お嬢様が、かわいそうに、犬になりはじめているんです」。

大急ぎで呼ばれたアブレヌンシオは、狂犬病患者が最後には咬まれた動物と同じになるという民衆の迷信を一蹴した。彼は少し熱があることを確認し、当時としては熱というのはそれ自体が熱という病気であって他の病気の徴候ではない、というのが一般的な考え方だったが、彼は熱が出ていることを軽視しはしなかった。嘆き苦しむ侯爵に対し、彼は、彼女はどんな病気にでもかかる可能性がある、狂犬病であろうがあるまいが、犬に咬まれたから他の病気にならないということはないのだから、と告げた。毎度のことながら、待つしか手はないのだった。侯爵は聞いた——

「言えることはそれだけですか?」。

「科学にあたえられた手だてによるかぎり、これ以上は何も申し上げられません」と医師は相変わらず手厳しく言った。「しかし、私を信じられないというのでしたら、もうひとつ、最後の手があります――神を信じて委ねることです」。

侯爵には合点がいかなかった。

「先生は神など信じない人だと思ってましたが」と彼は言った。

医師は振り向いて彼に目をやることすらしなかった――

「そうなれたらいいんですが、侯爵」。

侯爵は神に委ねることはせず、そのかわり、なんらかの希望をあたえてくれるものすべてにすがった。町には他にも学位をもった医師が三人いたし、また、薬剤師が六人、血抜きをする床屋が十一人おり、さらには、宗教裁判所が過去五十年間に千三百人を様々な刑に処し、七人を火あぶりで処刑していたにもかかわらず、薬術師や呪術師を自認する者なら無数にいた。*サラマンカ出身の若い医師はすでに癒着したシエルバ・マリアの傷を切開し、悪性化した体液を抜き出すために発泡パップを施した。また別の医者は背中から蛭に血を吸わせて同じことを試みた。床屋瀉《しゃ》血師《けつし》のひとりは傷口を彼女自身の尿で洗い、またもうひとりは尿を飲ませた。二週間が過ぎるまでに彼女は、毎日二回の薬草湯と軟化浣腸に耐え、さらに、天然アンチモニーの煎じ薬その他の魔法の劇薬によって苦痛の極みまで追いやられていた。

　熱は治まったが、狂犬病が回避できたと宣言する勇気のある者は誰もいなかった。シエルバ・マリア自身は死にそうな気持ちだった。最初のうち彼女は、誇りをもって治療に耐えていたが、何の効果もなく二週間が過ぎたころには、足首には火のように燃える潰瘍があり、皮膚はからし軟膏や発泡剤のせいで赤く腫れ、胃は爛《ただ》れきっていた。彼女はすべてを経験した——めまい、痙攣、ひきつけ、錯乱、下痢、失禁、そして、苦痛と憤怒に吠えながら床をのたうちまわった。もっとも大胆な薬術師ですら気が狂っているか悪霊に憑かれていると確信して彼女を見放した。侯爵がいかなる希望も失ったころになって、サグンタがサン・ウベルトの鍵を持ってあらわれた。

それが最後の手段だった。サグンタは身にまとったシーツを脱ぎ捨てて裸になり、インディオの軟膏を全身に塗って、裸の少女と体をこすりあわせた。シエルバ・マリアは極度に弱っていたにもかかわらず全身で抵抗し、サグンタは力ずくで押さえつけねばならなかった。ベルナルダは自室にいて、狂乱した悲鳴を耳にした。どうしたのか見に駆けつけると、シエルバ・マリアが床で手足をばたつかせていて、その上にサグンタが乗って、赤銅色の髪のうねりに包まれながらサン・ウベルトの祈りを絶叫していた。ベルナルダはハンモックの綱でふたりを打ちつけた。最初は床の上で、驚いて身を縮めるふたりを打ちつけ、次いで部屋の隅々へと追いまわしながら、息が続かなくなるまで打ち続けた。

教区の司教ドン・トリビオ・デ・カセレス・イ・ビルトゥーデスは、シエルバ・マリアの不調と錯乱に関する民衆の悪評に危機感を覚え、侯爵を呼んで話をすべく伝言を送ったが、理由も日時も書き添えなかったため、それはかえって火急の用であることを示すものと受け取られることになった。侯爵は不安を抑えてその日のうちに予告もせずに駆けつけた。

司教がその地位についたのは侯爵がすでに公的な生活から退いてからだったため、両者は互いにほとんど顔を合わせたことがなかった。その上、司教は生来の病弱である一方、体が巨人のように大きくて自由がきかず、おまけに、信仰を試すようなたちの悪い喘息《ぜんそく》に苛まれていた。そのため、欠席しても目立たないような公的行事にはあまり顔を出さなかったし、まれに出席した場合でも他の人々とは距離を置いているため、徐々に架空の存在のように思われはじめていた。

侯爵は司教を何度か、遠くから公の席で見たことがあったが、特に記憶に残っているのは、政府の高官たちが担ぐ御輿に乗って天蓋のもとで司教ミサに立ち会っているその姿だった。体の巨大さと祭具の華麗さからして、ちょっと見ただけでは巨軀の長老のように見えたが、つるんとして髭がない几帳面な顔だちとまれにみる緑色の瞳には、年齢不詳の美貌が衰えることなく残されていた。御輿の高みには教皇が頂くような魔術的な光輪があり、近くから彼に対面したことがある者たちは、彼の英知の輝きと権力の自覚の中に同じ後光を見てとるらしかった。

司教の住む館は町で一番古いもので、広大な空間をもつ二階建ての建物だったが、すでに廃墟になりかけていて、司教が使用している部分はひとつの階の半分にも満たなかった。カテドラルに隣接しているため、カテドラルと共有する回廊があったが、そのアーチはすっかり黒ずみ、また、裏庭の井戸は荒れ果てた茂みの中に埋もれて崩れ落ちていた。ファサード*は石に彫刻の施された堂々たるものだったし、大扉は一枚板だったが、そこにもいかんともしがたく打ち捨てられたような荒廃があらわれていた。

大扉を開けて侯爵を迎えたのはインディオの助祭だった。門口の地べたを這いまわっている乞食の一団に小銭を配って、涼しい家の闇に踏みこむと同時にカテドラルの鐘が腹の底に響く轟音を鳴らして午後四時を告げた。中央の廊下は真っ暗で、助祭の後ろに従いながらもその姿は見えず、一歩踏み出すたびに置き違えられた聖像や、通り道に横たわる瓦礫につまずかないかとびくびくしなければならなかった。廊下の果てには天窓の光で明るくなっている控室があった。助祭はそこで立ち止まり、侯爵にすわって待つようにと合図をすると、次の扉の奥へと入っていった。侯爵は立ったまま、正面の壁にかかった大きな油絵の肖像を子細に観察した。王家の旗手の儀典服をきた若い軍人の像だった。侯爵は額縁に付されたブロンズのプレートを読んで初めて、それが若き日の司教の肖像であることに気づいた。

助祭が侯爵を招き入れるためにドアを開くと、侯爵はその場から新たに司教の姿を目にすることになった。肖像画から四十歳年をとった姿だった。司教は喘息にうちひしがれ、この暑さに弱っていたが、それでもなおも、人から聞かされるよりもさらに大きな、圧倒的な風貌の人物だった。滝のように汗を流してごく静かに籐の揺り椅子を揺らしており、扇子をかすかに動かしながら、呼吸しやすいように前かがみにすわっていた。足には農民が使うような革のサンダルを履いており、粗末なリネン地の飾りシャツは洗いすぎで飾りが台無しになっていた。ほんとうに質素にしていることは一目で見て取れた。しかしながら、もっとも目につくのはその目の純粋さで、魂になんらかの恩寵を受けているとしか思えなかった。戸口に侯爵の姿を認めると同時に彼は椅子を揺らすのをやめ、扇子で親愛の情のこもったしぐさを見せた。

「お入り、イグナシオ」と彼は言った。「ここはきみの家なんだから」。

ズボンで手のひらの汗を拭《ぬぐ》ってから敷居をまたぐと、そこは露天のテラスになっていた。頭上には黄色い風鈴草と羊歯《しだ》のぶらさがる蔓棚が設けられ、眺めればすべての教会の塔が見え、貴族の屋敷の赤屋根や、暑さにまどろむ鳩舎や、ガラスのように澄み渡る空を背景に浮かび上がる要塞と、燃え上がる海を望むことができた。司教は明確な意図をもって、兵士らしいがっしりした手を差し出し、侯爵はその指輪に口づけをした。

喘息のせいで息は重くざらついており、ことばは時宜《じぎ》を選ばぬ吐息や荒く短い咳によって乱されたが、何もその雄弁を妨げることはなかった。彼は日常の些細なことを話題にして即座に気楽な対話を生み出した。正面にすわった侯爵はこの豊かでゆったりとした慰安の前置きをありがたく思い、じきに思いがけず五時の鐘を聞くことになった。それは単なる音ではなく、午後の光を震わす振動としてあたりを覆い、空は驚いて飛び立った鳩の姿でいっぱいになった。

「まったくひどいものだ」と司教は言った。「一時間ごとにまるで地震のように内臓に響くんだから」。

このせりふに侯爵が意表をつかれる気持ちがしたのは、四時の鐘が鳴った時に彼自身が思ったことと同じだからだった。司教はそれをごく自然な一致であると考えた。「考えというのは誰のものでもないんだからね」と彼は言った。彼は空中に人差し指で連続した円を何度か描き、続けて言った――

「そこらじゅうを飛びまわっているんだ、天使のようにね」。

世話役の修道女が葡萄酒の瓶と刻んだ果物の入った把手つきのコップを、そして、湯気がたちのぼるお湯の入った深皿を運んできた。薬の匂いが空気に満ちた。司教は目を閉じてその蒸気を吸いこみ、次いでその陶酔から立ちもどった時には別人になっていた――今や彼は自らの権威の絶対的な主《ぬし》となっていた。

「お呼び立てしたのは」と彼は侯爵に言った。「きみは神を必要としていて、にもかかわらず、それに気づかないふりをしているからだ」。

その声にはすでにオルガンのような柔らかな響きはなく、瞳には現世的な輝きがもどっていた。侯爵はそれに立ち向かうためにコップのワインを一口で半分ほど飲みほした。

「猊下《げいか》もご存じの通り、私めは人間が経験しうる最大の不幸に見舞われておりまして」と彼は、相手の構えを解くような卑下した調子で言った。「そのせいで、信仰を失いました」。

「わかっているとも、息子よ」と司教は驚くことなく答えた。「どうしてわからないはずがあろう！」。

彼はそれをある種の喜びをこめて言った。というのも、彼もまた、王の旗手としてのモロッコ遠征中に、砲火のさなか、二十歳にして信仰を失ったことがあるからだった。「そう、それは、神が存在するのをやめたという確信が電撃的にひらめいたせいだった」と司教は言った。恐れに取りつかれた彼は、それから祈りと悔悛の生活へと身を投じたのだった。

「それは神が私を哀れみ、この天職の道を差し示されるまで続いたのだ」と彼は続けた。「だからつまり、重要なのは、きみが神を信じないということではなく、神がきみを信じ続けているかどうかということなのだ。そして、それには疑問の余地はない、なぜなら、きみに慰めをあたえるようにとわれわれにお知らせくださったのは他でもない、無限の熱意をもつ神ご本人だったのだから」。

「私めとしましては、黙って自分の不幸を背負っていく心づもりでおりました」と侯爵は言った。

「だとしたら、それには失敗しているな」と司教は言った。「きみの哀れな娘さんが猥褻な痙攣に襲われて、偶像を崇拝する連中のことばを吠えたてながら地べたを転げまわっているというのは、誰ひとり知らぬ者のいない秘密ならぬ秘密ではないか。それはまさに、悪霊に憑かれているという明確な徴候ではないのか？」。

侯爵は愕然となった。

「それはどういう意味ですか？」。

「悪霊は無数の手管を用いるが、汚らわしい病の外見を装って無垢なる肉体に入りこむというのはよくあることなのだ」と彼は言った。「そして、ひとたび中に入ってしまうと、それを追い出すのは人間の力を超えた技となる」。

侯爵は犬に咬まれてからの治療の紆余曲折を説明したが、司教はことあるごとに自分に都合のいい説明をつけることができた。そして彼は、すでに知りすぎるほど知っているに違いないことを質問した――

「アブレヌンシオというのは誰なんだ、知っているのか？」。

「うちの子を最初に見た医者です」と侯爵は答えた。

「何と答えるか、きみの口から聞いてみたかったんだが」と司教は言った。

彼は手の届くところに置いてある鈴を鳴らし、すると、瓶の中から解き放たれた精霊のようにすぐさま、年のころ三十ほどの若く見える神父が姿をあらわした。司教は彼のことをカエターノ・デラウラ神父とだけ言って紹介し、席につかせた。神父は暑い気候に適した略式の司祭服を着て、足には司教と同じサンダルを履いていた。彼は思いつめた感じの男で、色は青白く、利発な目をして、真っ黒な髪をしていたが、額近くには白い房が混じっていた。そのせわしない呼吸と熱っぽい手はしあわせな人間のものとは思えなかった。

「アブレヌンシオについてわれわれが知っていることは？」と司教は彼に尋ねた。

デラウラ神父は考えをめぐらす必要もなかった。

「アブレヌンシオ・デ・サア・ペレイラ・カン」と彼はその名を一文字ずつ綴るように口にした。そしてすぐに侯爵に向けて言った――「お気づきになりましたか、侯爵閣下、最後の苗字はポルトガルのことばで、犬という意味なのです」。

デラウラが続けて説明したところでは、厳密にいえばそれが彼の本当の名前であるかどうかはわかっていないということだった。異端審問所の審問記録によれば、この男は半島から追放されたポルトガルのユダヤ人で、この地では、彼に恩があったある総督――重さ二ポンドに及ぶ陰嚢ヘルニアをトゥルバコ産の清浄水で治してもらったことがあった――の庇護を受けたという。神父はまた、アブレヌンシオの魔術的な処方について語り、死を予言する高慢さ、稚児好みの男色であるらしいこと、また、その放埒な読書傾向について、神を持たぬその生涯について語った。しかしながら、彼に対して提出された唯一の具体的な罪状とは、ゲッセマニ地区に住む修繕専門の仕立屋を生き返らせたということだった。すでに死装束に包まれて柩に入っていたのを、アブレヌンシオが起き上がるようにと命じた、という信頼できる複数の証言が得られていたという。しかし、幸運なことに、復活した当の人物が異端審問所の法廷を前に、一度も意識を失ったことはなかったと主張した。「それで火あぶりの刑を免れたのです」とデラウラは言った。最後に彼は、サン・ラサロの丘で死んで聖なる墓地に埋葬された馬の一件について述べた。

「まるで人間のように愛している馬だったんですよ」と侯爵は口をはさんだ。

「われわれの信仰に対する侮辱だったんです、侯爵閣下」とデラウラは言った。「百年生きる馬というのは神の御業《みわざ》ではありません」。

侯爵は私的な場での冗談まで異端審問所の記録に入っていることにうろたえ、おずおずと弁護を試みた――「たしかにアブレヌンシオは口さがない男です、が、謹んで申しあげれば、それと異端との間にはずいぶん距離があると私めは思いますが」。この議論は果てしなく続いてとげとげしいものにもなりえたが、そこで司教が口をはさんで話を本筋にもどした。

「医者の連中が何と言おうが」と司教は言った。「人間の狂犬病というのは、敵の策略であることが多いということなのだ」。

侯爵は同意できなかった。そこで司教は、永遠の炎への追放の序曲のように聞こえる劇的な熱弁をふるった。

「しかし、幸いなことに」と彼は結論的に言った。「お嬢さんの肉体はもはや取り返しようがないかもしれないが、神はその魂を救う方法をおあたえになった」。

夕刻の陰鬱が世界を覆った。侯爵は藤色の空に最初の星の光を認め、娘のこと、乱れきった家の中にひとりぼっちで、薬術師たちの荒療治によって痛めつけられた足をひきずっている娘のことを思った。彼は生来の謙虚さにもどって尋ねた――

「私はどうすべきなんでしょう?」。

司教が逐一説明した。彼はあらゆる手続きにおいて、特にサンタ・クララ修道院との交渉において、司教の名を出して使うことを許可し、できるかぎり速《すみ》やかに少女を修道院に収容すべきであることを告げた。

「われわれの手におまかせなさい」と彼は最後に言った。「あとは神がなさるのだから」。

侯爵はやってきた時よりもさらに苦悶を深めて別れを告げた。荒廃した街路――水たまりで水浴びをする裸の子供たち、禿鷲が散らかした生ごみ――を馬車の窓から眺めた。通りの反対側には海、いつでも同じ場所に止《とど》まっている海が見え、唐突に、先行きの見えぬ不安に彼は襲われた。

*アンジェラスの晩鐘と同時に夕闇の家に到着し、ドニャ・オラーヤの死後初めて、「主の天使はマリアに告げた」と声に出してアンジェラスのお告げの祈りを唱えた。テオルボの弦の調べが貯水槽の底からわき上がるように闇の中に響いていた。侯爵は音の出所を手さぐりで追って娘の寝室までたどりついた。そこでは娘が鏡台の椅子にすわって、白い衣をまとい、ほどけた髪を床まで垂らして、彼から学んだ初歩の練習曲を弾いていた。とても信じられなかった。それがきょうの正午、薬術師たちの過酷な術によって衰弱したまま残してきた同じ娘だとは。奇跡が起こったのではないのか、と彼は思った。しかし、それは一瞬の幻想だった。シエルバ・マリアは彼がもどったことに気づき、弾くのをやめ、病気の身にたちもどった。

侯爵はひと晩じゅう彼女と一緒にいた。そして、借りもののパパのように不器用に、寝室の決まりごとを手伝った。しかし、寝間着を後ろ前反対に着せたため、彼女は自分で脱いで正しく着なおした。娘の裸身を見るのはそれが初めてで、肌の下に浮き出した肋骨を、蕾になったばかりの乳首を、やわらかなその産毛を目にすると胸が痛んだ。腫れた足首には熱の輪ができていた。寝かしつけている間、少女はほとんど耳につかない呻きをあげてひとりで苦しみ、彼は、自分はただこの子が死ぬのを手助けしているだけなのだという思いに揺さぶられた。

信仰を失って以来初めて、祈りをあげなくてはという切迫を感じた。祈禱室に行き、自分のもとを去っていった神を呼びもどそうと全力をつくしたが無駄だった——不信心の方が、五感によって支えられているだけに、信仰よりも根強かった。未明のひんやりした空気の中で娘が何度か咳をするのを聞きつけ、彼女の寝室に行った。通りがかりにベルナルダの寝室のドアがかすかに開いているのを見つけた。自分の迷いを分かち合いたいという衝動からドアを押し開けた。しかし彼女は床にうつ伏せになって轟々といびきをかいて眠っていた。侯爵は門に手をかけたまま中をのぞくだけで起こさなかった。誰に向けてでもなく彼は言った——「お前の命のかわりに、あの子に命を」。そしてすぐに言いなおした——

「われわれふたりのこの無駄な命のかわりに、あの子に命をやってくれ、ちくしょう！」。

少女は眠っていた。侯爵は彼女が身動きせず生気を失っているのを見て、娘が死んでいるのを目にするのと、狂犬病の苦しみにさらされているのを見るのと、どちらの方がいいだろうかと自問した。コウモリに血を吸われないように蚊帳を直し、咳が続かないようにくるんでやり、この世でこれまでに誰を愛したよりも彼女のことを愛しているという新しい喜びを味わいながらベッドの脇で寝ずの番を続けた。そして彼は、神にも誰にも相談することなく生涯の決断を下した。早朝四時、目を開いたシエルバ・マリアは彼がベッドの脇に腰をおろしているのを見た。

「出かける時間だ」と侯爵は言った。

少女はそれ以上説明を待たずに起き上がった。侯爵が手伝ってよそゆきの服を着せた。半長靴の革で足首が痛まないようにと櫃の中にびろうどのスリッパを捜し、かわりに、自分の母親が子供のころに使った晴れ着を見つけた。長いこと放置されていたせいで黴が生えて古びてしまっていたが、二度は使われていないことが明らかに見てとれた。侯爵はそれをほぼ一世紀ぶりに、サンテリアの数珠と洗礼式の肩衣の上からシエルバ・マリアに着せた。彼女には少しきつく、ドレスはなおさら古びた感じに見えた。やはり櫃の中で見つけた帽子をかぶらせたが、その派手な色のリボンはドレスとはまったくそぐわないものだった。しかし、大きさはぴったりだった。最後に彼は手提げ鞄に、寝間着と、虱《しらみ》の卵まで取れる目のつまった櫛と、やはり祖母のものだった真珠層の表紙が金の蝶番《ちょうつがい》で綴じられている小さな祈禱書を詰めた。

それは復活祭直前の棕櫚の日曜日*だった。侯爵はシエルバ・マリアを五時のミサに連れていき、彼女は理由も知らぬままに機嫌よく祝福の棕櫚の枝を受け取った。教会を後にしてから、ふたりは馬車の中から夜が明けるのを見た。侯爵は主座席に腰をおろして膝に鞄を乗せており、少女はその向かいの席におとなしくすわって、十二年におよぶ生涯最後の街路が通り過ぎていくのを見ていた。彼女はフアナ狂女王*のような服に売春婦のような帽子をかぶらされて、こんなに早い時間にどこに連れていかれるのか、知りたそうな様子は微塵も見せなかった。長らく瞑想にふけったのち、侯爵は彼女に尋ねた――

「神様っていうのが誰だか、知ってるかい?」。

少女は首を振って知らないと答えた。

かなたの水平線には稲妻が走り、雷鳴が響き、空はどんよりと曇って海は荒れていた。ある角を曲がると、正面に、白く孤独なサンタ・クララ修道院が姿を見せた。ごみが打ち寄せられた浜の上に建って、青い鎧戸が三階まで並んでいた。侯爵は人差し指でそれを差して言った――「あそこにいるんだ」。それから左方向を指差した――「窓からはいつでも海が見えるからね」。少女が興味を示さないので、侯爵は彼女のこれからの運命について最初で最後の説明をした――

「二、三日、サンタ・クララの尼さんたちのところで療養するんだ」。

棕櫚の主日であるために修道院の回転木戸のところには、いつもよりもたくさんの乞食が集まっていた。乞食たちと食べ残しを奪いあっていた癩病患者たちは、手を伸ばして侯爵のもとに殺到した。彼はクアルティーリョ貨幣*がなくなるまでひとりひとりにわずかな施しを配った。戸口番の修道女は黒い礼服姿の侯爵を見、それから女王のように着飾った少女を目にして、応対するために扉を開いた。侯爵は司教に命じられてシエルバ・マリアを連れてきたことを説明した。相手はそのきっぱりとした強い口調を聞いて疑念をはさまなかった。彼女は少女の様子を観察し、帽子を脱がせた。

「ここでは帽子は禁じられております」と彼女は言った。

帽子は彼女の手の中に残された。侯爵は鞄も渡したかったが、修道女は受け取らなかった。

「必要なものは何でもここにありますから」。

三つ編みの止め方が悪く、髪がほどけてほとんど床まで垂れた。戸口番はそれが自然のままの髪であるとは信じなかった。侯爵はそれを巻き上げようとした。少女はそれを制して、戸口番が目を見張るような器用な手つきで自分の髪を整えた。

「切らなければなりませんね」と彼女は言った。

「聖母に対する誓いで、結婚する日まで切らないことになっているのです」と侯爵は答えた。

修道女はそれを聞いて頭を下げた。彼女は少女の手を取り、別れを告げる暇をあたえずに、彼女を回転木戸の中に入れた。歩くと足首が痛いため、少女は左のスリッパを脱いだ。侯爵は娘が裸足《はだし》の足でびっこを引きながら、スリッパを手に持って遠ざかっていくのを見つめた。侯爵が娘を目にした最後の場面は、彼女が傷ついた足を引きずりながら庭の回廊を横切って、生きながらにして葬り去られた女たちの館に消えていくところだった。

3

サンタ・クララ修道院は海に面した四角い建物で、同じ大きさの窓が三つの階にわたって無数に並び、中には鄙《ひな》びた陰気な庭を囲んで半円アーチの回廊があった。庭には石を敷いた一本の径《こみち》が作られてあり、そのまわりにはバナナの木の茂みや野生の羊歯の他に、光を求めて平屋根よりも高く伸びた細い椰子の木と、バニラの蔓と蘭の花がからみついた一本の大木が植わっていた。この大木の下には淀んだ水の貯水槽があり、その錆《さ》びた鉄枠の上では囚われの金剛インコたちがいつでも平均台の曲芸を演じていた。

建物は庭によってふたつの異なったブロックに分けられていた。右側には生きながらにして葬り去られた女たちの暮らす三つの階があり、そこでは断崖に打ちつけた引き波の息づかいと、聖務日課の時間に祈りと聖歌がかすかに聞かれるだけだった。この棟は中扉を通じて教会堂につながっており、隠遁生活を送る修道女たちが一般人の入る身廊*を通らずに教会の内陣に入って、外からは中が見えない斜め格子の後ろでミサを聞き聖歌を歌うことができるようになっていた。修道院の天井という天井はすべて見事な高級木材の格間《ごうま》で覆われていたが、これは主祭壇の壁龕に埋葬される権利を得るためにあるスペイン人職人が半生を捧げて作ったものだった。その職人は実際、ほぼ二世紀分の女子修道院長や司教や、その他の貴族たちとともに、大理石の石版の下に押しこまれて葬られていた。

シエルバ・マリアが修道院に入った時点で隠遁生活を送っていたのは、それぞれ召使を連れたスペイン人修道女が八十二人と、副王領の名家に属する植民地生まれの修道女三十六人だった。清貧と静粛と貞潔の誓いを立てたのちに彼女らが外界と接触できるのは、まれに訪れる面会者と、声は通すが光は通さない木の斜め格子ごしに面談室で対話する時だけだった。面談室は回転木戸の脇にあり、その使用は規定によって厳しく制限されており、いつでも傍聴役が立ち会うことになっていた。

庭の左側の棟には学校と数々の工房があり、修練女や工芸の指導者などからなる大きな人口をかかえていた。使用人たちの居所もここにあり、巨大な調理場には薪の焜炉と肉の解体用の大台とパンを焼く大きな竈《かまど》があった。一番奥には洗濯の汚水で常時ぬかるんでいる裏庭があって、そこでは数家族の奴隷が共同で暮らしており、さらに、厩《うまや》と子山羊の囲い場と豚小屋、果樹園と蜜蜂園があって、よき暮らしに必要なものすべてが飼育され栽培されていた。

一番最後には、できるだけ遠く離れた、神の手からも見放された場所に孤立棟があり、これは七十八年間にわたって宗教裁判所の牢獄として使用されたのち、今では道を誤った修道女の牢として使われていた。シエルバ・マリアが犬に咬まれた九十三日後、狂犬病の徴候を見せぬまま収容されたのは、この忘れ去られた一隅の一番最後の独居房だった。

彼女の手を取って連れていった戸口番の修道女は回廊の端で、調理場に向かうひとりの修練女と会い、修道院長のもとに彼女を連れていくようにと頼んだ。その修練女はこんなに弱っていてしかもこんなに着飾っている少女を使用人たちの騒ぎにさらすのは適切でないと考え、中庭の石のベンチにすわって待たせておいて後で連れにもどることにした。しかし、調理場からもどった時には少女のことは忘れてしまっていた。

後で通りがかったふたりの修練女は少女の首の数珠と指輪に興味を示し、彼女に名前をたずねた。シエルバ・マリアは答えなかった。ふたりはスペイン語は話せるのかと質問したが、まるで死人に話しかけているみたいなものだった。

「聾唖なんだわ」と若い方の修練女は言った。

「でなければドイツ人なのよ」ともうひとりは言った。

若い方の修練女は彼女のことを五感がすべてないものとして扱いはじめた。首のまわりに巻いてあった三つ編みを取って、何クアルタあるのか計った。「四クアルタ近くもあるわ」と彼女は少女には聞こえないものと信じて言った。そして、三つ編みをほどきはじめたが、シエルバ・マリアは目つきで彼女を制した。修練女はその視線を受け止めて、彼女に舌を出した。

「あんたは悪魔の目をしてるわ」と彼女は言った。

彼女はシエルバ・マリアの指輪をひとつ簡単にはずしたが、もうひとりが数珠を取ろうとすると、シエルバ・マリアは蛇のように身をくねらせて、その手に確実な狙いをつけて瞬時に咬みついた。女は走って血を洗いにいった。

三時課*の聖歌が始まった時、シエルバ・マリアは貯水槽の水を飲みに立ち上がったところだった。歌声に驚いて彼女は水を飲まずにベンチにもどったが、それが修道女たちの聖歌であることに気づくとふたたび立ち上がった。慣れた手つきで腐った枯れ葉の層を取りのけ、ボウフラをよけることもなく、渇きがおさまるまでどんぶりで水を飲んだ。それから、木の向こう側でしゃがみこみ、ドミンガ・デ・アドビエントに教わった通り、寄ってくる動物や汚らわしい男などから身を守るためにしっかりと棒切れをつかんでおしっこをした。

その直後に通りがかった黒人の奴隷女ふたりは、サンテリアの数珠に気づき、ヨルバ語で彼女に話しかけた。少女は大喜びして同じことばで返事をした。彼女がどうしてここにいるのか誰も知らなかったため、ふたりの奴隷女は混沌とした調理場に連れていき、すると彼女は歓喜した使用人たちに迎えられた。やがてその中のひとりが足首の傷に目を止め、どうしたのかと尋ねた。

「おかあさんが包丁でやったの」と彼女は答えた。名前を尋ねる人には、マリア・マンディンガ、と黒人名を告げた。

彼女は即座に自分の世界を取りもどした。あばれる子山羊の首を切るのを手伝った。目をくり抜き、睾丸を切り落とした。それが一番好きな部分だった。調理場の大人たち、そして裏庭の子供たちを相手に[*]ディアボロ独楽で遊び、全員を負かした。彼女がヨルバ語と[*]コンゴ語とマンディンガ語で歌を歌うと、そのことばがわからない者たちまで熱心に聞き入った。昼食には子山羊の睾丸と目玉を、豚の脂で煮込んで強烈な香辛料で味付けした料理を食べた。

そのころにはすでに、修道院じゅうが少女が来ていることを知っていたが、修道院長のホセファ・ミランダだけはまだ話を聞いていなかった。彼女は干からびた筋金入りの女闘士で、一族に伝わる度量の狭さを受け継いでいた。教育は異端審問所の影響が強い[*]ブルゴスで受けていたが、指導者の素質と強固な偏見は生まれつき内にもっていたものだった。彼女の下には有能な副院長がふたりいたが、修道院長自身がすべてを、誰の助けも借りずに取り仕切っていたため、実際には無用の存在だった。

地元の司教区組織に対する彼女の恨みは、彼女自身が生まれるほとんど百年前に起源をもっているものだった。最初の原因は、歴史上の激しい反目の例にもれず、クララ女子修道会とフランシスコ会士の司教との間で生じた金銭と権限にまつわる些細な食い違いにあった。司教が頑固に譲らなかったため、修道女たちの側は世俗政庁の支持を取りつけたが、こうして始まった争いは、いつしかすべての側がすべての側と敵対する入り組んだものとなった。

他の修道会を味方につけた司教は、サンタ・クララ修道院を包囲して兵糧攻めにし、「神権停止」を布告した。つまり、町全体においてすべての礼拝活動を無期限に停止するということだった。市民はばらばらに分断され、世俗の当局と各宗派はそれぞれの支持者に支えられてたがいに対立した。しかしながら、サンタ・クララ修道院の修道女たちは六か月の包囲を経てなおも、命脈をつないでいたばかりか血気盛んだったが、ついには、支持者たちが食料を供給していた秘密のトンネルが発見されるにいたった。今度はフランシスコ会士たちの側が新任の総督の支持を得て、サンタ・クララ修道院の禁域に突入し、修道女たちを追い散らした。

敵意が収まり、空き家となった修道院がクララ修道会のもとに返還されるまでには二十年の歳月が必要だったが、一世紀の後、ホセファ・ミランダはなおもこの一切の恨みを弱火で煮込み続けていた。彼女はその恨みを修練女たちの中に植えつけ、彼女らの感情よりも臓腑の奥底にそれを育《はぐく》み、その原因をすべてデ・カセレス・イ・ビルトゥーデス司教およびその関係者にかぶせていた。したがって、司教の指示によってカサルドゥエロ侯爵が、悪霊憑きの決定的な徴候を見せる十二歳の娘を修道院に連れてきた、と聞かされた時の彼女の反応は容易に想像できるものだった。彼女はわずかにこう質問したのだ――「でもいったい、そんな侯爵なんていましたっけ？」。

彼女はそれに二重の毒をこめていた。それは、ひとつには司教に関係する問題だったからであり、また、彼女は地元生まれの貴族の正統性を昔からいつも否定して、「雨漏り貴族」と呼びならわしていたからだった。

昼食の時間になってもまだ、彼女はシエルバ・マリアを修道院内で発見できずにいた。戸口番の修道女はすでに副院長のひとりにこう連絡してあった——夜明けごろに喪服を着た男がやってきて、女王様のような格好をした赤毛の女の子を預けていったのだが、ちょうど乞食たちが棕櫚の主日を祝すキャッサバのスープ*に殺到している時だったため、少女について何も確認する余裕はなかった、と。それが本当であることを示すために彼女は、色リボンのついた帽子を副院長に渡した。少女を捜している時に副院長からこの帽子を見せられた修道院長は、それが誰のものであるのかすぐに悟った。彼女は帽子を指先でつまんで、できるだけ顔から離した。

「侯爵令嬢とかいって、田舎の女中みたいな帽子ね」と彼女は言った。「悪魔はちゃんとやることを心得ているわ」。

修道院長は午前九時ごろ、面談室に行く途中で、水道工事の値段をめぐって石工たちと庭でしばらく議論していたのだが、石のベンチにすわっている少女を目にすることはなかった。そこを何度も通りがかったはずの他の修道女たちも彼女を目にしなかったという。また、彼女の指輪を持ち去ったふたりの修練女も、朝九時の三時課以後に通った時にはもう見かけなかったと誓って言うのだった。

修道院長が昼寝についたばかりの時だった。修道院じゅうに単声の歌声が満ちた。彼女はベッドの脇に下がった呼び鈴の紐を引き、すると即座にひとりの修練女が薄暗い室内にあらわれた。

修道院長はこんなに見事に歌っているのは誰かと聞いた。

「あの女の子です」と修練女は答えた。

寝ぼけ眼《まなこ》のまま、院長はつぶやいた――「なんてきれいな声なんでしょう」。そしてすぐに飛びあがった――

「どの女の子のこと?」。

「知りません」と修練女は答えた。「けさから裏庭を騒がせている女の子です」。

「聖なる聖体!」と院長は叫んだ。

ベッドから飛び出した。宙を飛ぶようにして修道院を横切り、声の来る方角を追って使用人たちの裏庭にたどりついた。シエルバ・マリアは腰掛けにすわって髪を床に垂らしたまま、魅了された使用人たちの輪のまん中で歌っていた。修道院長の姿を目にすると、彼女はぱたりと歌うのをやめた。院長は首にかけていた十字架像を宙に掲げた。

「幸いあれ、純潔なるマリア様」と彼女は言った。

「罪なくして懐胎されたマリア様」と全員が答えた。

修道院長は十字架像を戦いの武器のようにシエルバ・マリアに対して振りかざした。「引き下がるがよい」と叫んだ。使用人たちは後ろにさがり、少女ひとりを中央に残した。彼女はじっと目を凝らして防御の姿勢になっていた。

「悪魔の生んだ化け物め」と修道院長は叫んだ。「われわれを欺くために、目に見えぬよう姿を消したな」。

しかし、少女には一言もことばを言わせることはできなかった。修練女のひとりが彼女の手を取って連れて行こうとしたが、修道院長は恐怖に打たれてそれを制した。「手を触れるな」と叫んだ。そしてさらに、全員に命じた――

「誰もこの子に手を触れるんじゃない」。

結局、少女は、足を蹴り上げ、犬のように咬みつこうとあばれながら、力ずくで牢獄棟の最後の独居房まで連れ去られた。その途中、糞尿にまみれていることがわかったため、厩でバケツの水をかけて洗った。

「町に修道院はいくつでもあるのに、司教さんはうちにばかり糞を送ってくるのよ」と修道院長はこぼした。

房は広く、壁はざらざらしていた。天井はきわめて高く、格間《ごうま》には白蟻の食いちらしが肋骨のように浮き出ていた。唯一のドアの横には両開きの鎧戸の入った窓があったが、戸板は旋盤で削られた太い丸太で補強され、鉄の閂で閉じられていた。海に面した奥の壁にはもうひとつ高窓があったが、これも木の横桁が入って封じられていた。ベッドはモルタルの台で、藁を詰めたリネンのマットレスは使いこまれて汚れきっていた。腰をおろすためには腰掛けがひとつあり、壁に打ちつけられた一体の十字架像の下に祭壇と洗面台を兼ねる作業台が置かれていた。そこにシエルバ・マリアは三つ編みまでびしょ濡れのまま、恐怖に震えながら放りこまれ、太古からの悪霊との戦いに勝てるよう仕込まれた見張番の女の手にまかされることになった。

彼女は頑丈に補強された扉の鉄の棒を見つめながら寝台に腰をおろし、午後の五時、女中が午後の軽食を持ってきた時にもそのままだった。彼女は身動きひとつしなかった。女中は首の数珠を外そうとしたが、彼女はその手首をつかんで手を放させた。その晩から記されるようになった修道院の記録簿に、その女中は、この世のものならぬ力に打ち倒されたことを記録した。

少女はじっとしたまま扉が閉ざされるのを見送り、鎖がかけられ、南京錠の鍵が二回転するのを聞いた。何が食べられるのかを見た——わずかばかりのくずのような干し肉、キャッサバ粉のパン、そして茶碗一杯のココアだった。キャッサバを試してみて、しばらく嚙んでから吐き出した。うつぶせに横たわった。潮騒が、海の風が、そしてこの季節の最初の雷鳴が次第に近づいてくるのが聞こえた。翌日の夜明け、朝食を持ってふたたびやってきた女中は、少女が藁の草むらの中で眠っているのを見つけた。歯と爪でマットレスを引き裂いて取り出した藁だった。

昼食時には隠遁生活の誓いをまだ立てていない寄宿人たちの食堂までおとなしく連れていかれるにまかせた。そこは高い丸屋根の下に窓が大きく開いた広間で、海の光が強烈に差しこみ、断崖の潮騒がごく近くに聞こえた。大半がまだ若い二十人の修練女が、二列に並んだ粗野な作りの大テーブルについてすわっていた。彼女らは雑な梳毛織物《そもうおりもの》の修道服を着て頭を剃っていたが、陽気で騒がしく、軍隊のような糧食を悪霊憑きと同じテーブルで食べているという興奮を隠そうともしなかった。

シエルバ・マリアは気の緩んだ見張番ふたりにはさまれて大扉の近くにすわったが、ほとんど何も食べようとしなかった。彼女は修練女と同じ長衣を着せられ、まだ濡れた草履をはいていた。食事をしている間は誰も彼女に目をやろうとはしなかったが、最後には何人かの修練女が彼女のビーズ飾りにひかれて集まった。中のひとりはそれをはずそうとした。シエルバ・マリアは腹を立てて急に仁王立ちになった。それを押さえようとした見張りたちには体当たりをして払いのけた。彼女はテーブルの上に飛び乗り、乗っ取られて荒れ騒ぐほんものの悪霊憑きのように叫びながら端から端へと駆けぬけた。通り道にあるものは片っ端から壊していき、ついには窓から外に飛び出して、裏庭の蔓棚をばらばらにし、蜂の巣箱をひっくりかえし、厩舎の戸や囲い場の柵を倒してまわった。蜜蜂は四散して飛んでいき、暴走した動物たちは恐慌に吠えかわしながら禁域内の寝室にまで乱入することになった。

その時以降、何かあるたびにすべてがシエルバ・マリアの妖術のせいにされるようになった。修練女たちの幾人かは、彼女がものすごい唸りをあげて透明な翼で飛んでいるのを見たと記録にとどめた。家畜を囲い場にもどし、蜜蜂を導いて巣箱に集め、修道院内の秩序を回復するには奴隷たちを総動員して丸二日がかかった。その後も、豚に毒が盛られたとか、水を飲むと予言的な幻覚が見えるとか、怯えためんどりの一羽が屋根より高く飛んで水平線の向こうに姿を消した、といった噂が流れた。しかし、修道女たちの恐怖心には矛盾したところがあった。というのも、修道院長は大げさな言動を続けていたし、各人はそれぞれに怯えたりしていたにもかかわらず、シエルバ・マリアの独居房は修道院全体の好奇心の焦点となっていたのだから。

修道院では午後の六時、晩課を歌った時から、朝六時のミサの一時課まで、自室外への禁足が定められていた。その間は明かりが消され、許可のあるごく一部の房にのみ光が残されることになっていた。しかしながら、この時期ほど修道院内の生活が動きに満ち、自由だったことはなかった。通路には、行き来する人影や、とぎれとぎれの囁き声や、抑制された急ぎ足が絶えることがなかった。思いがけない房で賭け事——スペイン式トランプもあったし、いかさまダイスもあった——が行なわれていたし、ホセファ・ミランダが禁域内での喫煙飲酒を禁じていたため、人目を忍んで酒が飲まれ、巻き煙草が隠れて吸われていた。悪霊に取り憑かれた少女がひとり修道院内にいるということは、これまでにない冒険の感覚をもたらしたのだった。

もっとも厳格な修道女たちでさえ、禁足時刻以降に部屋を抜け出しては、二人三人とつどってシエルバ・マリアと話をしに出かけていった。彼女は最初、爪を剝き出しにして修道女らを迎えたが、じきに各人の気性と夜ごとの気分に応じて彼女らを適宜あやつることを覚えた。彼女らが頻繁に言ってくる要望には、不可能な願い事を悪霊に伝える使者になってくれというのがあった。シエルバ・マリアはあの世の声や、首を刎《は》ねられた人の声、サタンの生んだ化け物の声などを真似してみせ、すると修道女たちの多くはすっかり彼女の悪戯《いたずら》を信じこんで、記録簿にそれを記入した。ところがある不吉な晩のこと、男の扮装をした修道女の一団が彼女の房を襲撃し、シエルバ・マリアに猿ぐつわをかませて、聖なる数珠を奪い去った。しかし、勝利ははかないものだった。急いで逃げ帰る途中、強盗団の首領は明かりの消えた階段で足を踏みはずした。頭蓋骨が砕けた。仲間たちは、奪った数珠を持ち主に返すまで平安を得ることがなかった。二度と彼女の房の夜を乱す者はなくなった。

カサルドゥエロ侯爵にとっては喪に服するような毎日だった。娘を修道院に入れるやいなや、彼は自分の行為を後悔しはじめ、悲しみの発作に襲われて二度と回復することがなかった。彼は何時間も修道院のまわりをうろついて、シエルバ・マリアはこの無数の窓のうちのどこで彼のことを思っているのだろうか、と自問し続けた。家に帰ると、ベルナルダが裏庭で夕涼みをしているのが目に入った。シエルバ・マリアのことを質問される予感がして戦慄が走ったが、彼女はほとんど目もくれなかった。

彼はマスティフ犬を放し、永遠の眠りにつくという幻想にひたりながら寝室のハンモックに横になった。しかし、単なるこの世の眠りにつくことさえできなかった。*貿易風の季節はすでに過ぎ、焼けつくように暑い夜だった。あらゆる種類の虫が、うだるような暑さと虫をねらう*渉禽《しょうきん》を逃れて沼地から出てきており、寝室の中で牛糞を燃やして追い出さねばならなかった。人間たちの魂は暑いまどろみの底に埋《うず》まっていた。その年最初の驟雨の来訪が切に待ち望まれていた。それと同じ熱意をもって、六か月後には、雨など永遠に上がってほしいと切望することになるはずだった。

曙光の兆しが差すや、侯爵はアブレヌンシオ宅に向かった。椅子に腰をおろす前から、彼は痛みを誰かと共有できることの猛烈な安堵を前もって感じた。前置きすることなく、すぐに本題に入った——

「娘をサンタ・クララに預けたんです」。

アブレヌンシオは何のことだか理解できず、そこで侯爵は、相手が当惑している隙に次の一撃を加えた——

「悪魔祓いをされるはずです」。

医師は深く息をつき、模範的な落ちつきをもって言った——

「全部話してください」。

そこで侯爵は話した——司教のもとへの訪問、祈りたいという衝動、盲目的な決断、不眠の一夜。それは、自分の心を甘やかすことなく、すべての秘密を包み隠さずさらした*旧キリスト教徒の降伏宣言だった。

「神の命令だったと確信しています」と彼は最後に言った。

「つまり、信仰をとりもどされたということですね」とアブレヌンシオは言った。

「人はけっして、完全に信仰を失いはしないんです」と侯爵は答えた。「いつでもかすかな疑いが残っているんです」。

アブレヌンシオにもそれは理解できた。神を信じなくなると、それまで信仰のあった場所に消しがたい傷痕が残り、それが信仰を完全に忘れることを妨げることになる、と彼もずっと考えてきたのだった。ただ、彼にどうしても理解できないと感じられたのは、自分の娘に悪魔祓いという罰を科すという点だった。

「悪魔祓いと黒人の呪術とはほとんど同じなんですよ」と彼は言った。「というか、もっとひどくて、黒人たちは神々に鶏を生贄として捧げる程度ですが、異端審問所はよろこんで無実の人間を拷問機で四つ裂きにしたり、見世物として生きたまま焼いたりするんですから」。

司教を訪ねた際にカエターノ・デラウラ神父が立ち会ったというのも、アブレヌンシオには不吉な兆候のように思われた。「あれは死刑執行人です」と彼は歯に衣を着せずに言った。それから彼は、精神病患者が悪霊憑きあるいは異端として処刑されたかつての宗教裁判の例を博学を駆使して列挙していった。

「私が思うに、修道院に入れて生きたまま葬るよりも、いっそのこと殺してやった方がキリスト教精神に合っているのです」と締めくくった。

侯爵は十字を切った。アブレヌンシオは彼を見た。小さく震えながら、喪服を着た幻影のようだった。そして、その瞳の中を、彼とともに一生を生きてきた迷いのコウモリが横切るのをふたたび見た。

「連れ出しなさい、あんなところからは」と彼は告げた。

「私もそうしたいんです、あの子が生き埋め女の館に歩いていくのを見た時からずっと」と侯爵は言った。「ただ、神の意志に背くだけの強さが自分の中に感じられなくて」。

「なら、感じるようになさい」とアブレヌンシオは言った。「もしかすると、いつの日か、神はあなたに感謝することになるかもしれない」。

その晩、侯爵は司教に接見を求める書簡をしたためた。自らの手をもって、錯綜した文面を幼稚な筆跡で記し、さらに、相手に確実に渡るよう自ら届けて門番に手渡した。


司教は月曜日になって、シエルバ・マリアがいつでも悪魔祓いを受けられる状態にあることを知らされた。彼は黄色い風鈴草のテラスでおやつを終えたばかりのところで、この報告に特別な関心を向けることはなかった。司教は小食だったが、食べる時にはゆったりと食べるため、食の儀式が三時間に及ぶこともまれではなかった。その向かいにすわったカエターノ・デラウラ神父は、落ちついた声と若干芝居がかった調子で本を朗読して聞かせていた。その声も調子も、彼自身が自分の趣味と基準にしたがって選んでくる本にはぴったりのものだった。

この古い宮殿は司教には大きすぎた。彼にとっては接見室と寝室、そして、雨期が始まるまで昼寝も食事もそこですませる露天のテラスだけで十分だった。反対側の棟にはカエターノ・デラウラが創設して、見事な手腕で維持拡大している公式図書室があり、これは当時、*インディアス全体でも指折りのものとして数えられていた。建物の残りの部分には閉鎖された部屋が十一室あり、そこには二世紀分の瓦礫が蓄積されていた。

食事の世話をする当番の修道女を別にすれば、食事時間中に司教宅に出入りできるのはカエターノ・デラウラだけだったが、それは一般に言われているように彼の個人的な特権ゆえではなく、朗読者としての技量のためだった。彼には特定の職責はなく、肩書も図書室司書というものだけだったが、司教との近しさゆえ、事実上の司教代理と見なされており、司教が彼を抜きにして重要な決定を下すことがあるとは誰も考えていなかった。彼個人の房は、内部で司教館とつながっている隣接した家の中にあり、そこには他に、司教区の職員の事務室や居室、そして司教の身辺の世話をする半ダースほどの修道女たちの部屋もあった。しかし、彼にとっては図書室こそが本当のすみかだった。彼はそこで一日に多ければ十四時間も仕事をしたり本を読んだりしたし、突然眠気が襲ってきた時のために簡易寝台も用意してあった。

その歴史的な午後の特筆すべきことといえば、デラウラが朗読中に何度もつっかえたということだった。さらに前例のないことに、彼は誤ってページを一ページ飛ばし、それに気づかずに朗読を続けたのだ。司教は錬金術師が使うような極小の眼鏡の背後から相手の様子を観察していたが、デラウラは気づかずに次のページに進んだ。そこで司教は面白がって朗読を遮った――

「何を考えているんだね?」。

デラウラはどきりとなった。

「この暑さのせいでしょう」と彼は言った。「どうしてですか?」。

司教はじっと彼の目を見つめた。「明らかにこの暑さのせい以上のことだな」と彼は言った。そして同じ調子でくりかえした――「何を考えていたんだね?」。

「あの子のことです」とデラウラは答えた。

それ以上特定して言わなかったのは、侯爵の来訪以来、彼らふたりの間では、この世に「あの子」というのは他にひとりもいなくなっていたからだった。ふたりは彼女について大いに話しあってきていた。悪霊憑きの記録や聖別された悪魔祓い師の回想録をともに読みなおしてもいた。デラウラはため息をついた——

「あの子の夢を見たんです」。

「一度も会ったことのない人間のことをどうして夢に見たりできるんだ？」と司教は聞いた。

「十二歳の混血の侯爵令嬢で、髪を女王のマントのように引きずっている。他にそんな少女がいるでしょうか？」と彼は言った。

司教は天上のヴィジョンを見るようなたちの男ではなく、奇跡や自虐の鞭打ちを信じるたちでもなかった。彼の王国とはこの世の王国だった。そのため、彼は確信をもてぬままあいまいに首を振り、食事を続けた。デラウラは前よりも気をつけながら朗読を再開した。司教が食べ終わると、揺り椅子に移るのに手を貸した。椅子の中に落ちつくと、司教は言った——

「さあ、じゃあ夢を話してみてくれ」。

ごく単純な夢だった。デラウラは、シエルバ・マリアが雪に覆われた原野の見える窓の前にすわって、ひざにおいた葡萄をひと粒ずつむしって食べているのを夢に見たのだった。彼女が葡萄の実をひと粒むしると、房にはすぐさまもうひとつ実が芽生えた。夢の中では少女がその無限の窓の前にすわって、何年もその葡萄の房を食べ終えようとし続けていることが明らかで、また、急いでいないことも見てとれた。なぜなら、最後の葡萄には死があることを彼女は知っているからだった。

「一番不思議なのは」とデラウラは話を終えながら言った。「彼女が野原を眺めている窓は、サラマンカの窓なんです。三日間雪が降り続いて、子羊たちが雪に埋まって窒息して死んだあの冬の窓なんです」。

司教も感銘を受けた。司教はカエターノ・デラウラのことはよく知っていたし大いに気に入ってもいたので、いつでも彼の夢の謎は心に止めるのだった。もとよりデラウラが、司教区の仕事において、また司教の心の中において占めている位置は、その数々の才能と善き人柄によって得た正当なものだった。司教は三分間、夕刻の昼寝をするために目を閉じた。

その間に、ふたりで夜の祈りをするのに先立って、デラウラは同じテーブルで食事をした。食べ終わる前に司教は揺り椅子の中で背を伸ばし、生涯の決断を下した——

「この件はきみが担当してくれ」。

司教は目を開くことなく言い、それからライオンのような鼾をあげた。デラウラは食事を終え、花をつけた蔓の下でいつもの椅子に腰をおろした。その時になって司教は目を開いた。

「返事をもらってないぞ」と彼に言った。

「寝言だったのかと思いまして」とデラウラは答えた。

「では今度はちゃんと起きてくりかえす」と司教は言った。「少女の魂の健康はきみに託す」。

「そのような仕事はこれまで一度もまかされたことがありません」とデラウラは言った。

「断るということなのか？」。

「いいえ、父上、ただ私は悪魔祓い師ではありませんので」とデラウラは言った。「そんなことをする資格も教育も情報ももっておりません。それに、神が私に別の道を任じられたことはご存じではないですか」。

たしかにそうだった。司教の働きかけによって、デラウラはヴァチカン図書館の追放ユダヤ人資料管理官の候補者三名のリストに名を連ねているのだった。そのことは両者とも承知していたが、それがふたりの間で口にされたのはこれが初めてだった。

「まったくその通りだ」と司教は言った。「あの子のケースは、うまく行けば、選任に向けて、欠けている最後のひと押しになるかもしれない」。

デラウラはこと女性に関しては自分がどうしようもなく不器用であることをよく知っていた。彼にしてみれば、女たちは、現実の偶発事象の合間を、足を踏み外すことなく進んでいく独特の才能をもっているように思われるのだった。だから、たとえ相手がシエルバ・マリアのような無防備な子供であっても、女と顔をつきあわせるというのは考えただけでも手の汗が凍るような思いがするのだった。

「いいえ、司教様」と彼は思い切って言った。「私にできるとは思えません」。

「できるとも」と司教は応じた。「それどころか、他の人に欠けているものがきみにはたっぷりある――霊感というやつだ」。

それはあまりにも重たいことばで反論を許さなかった。しかしながら、司教は即答は求めず、その日から始まる復活祭週間の苦行が終わるまで考慮する時間をあたえた。

「あの子に会って来てみたまえ」と司教は彼に言った。「よく研究して、報告してくれ」。

こうしてカエターノ・アルシーノ・デル・エスピリトゥ・サント・デラウラ・イ・エスクデー

ロは、齢《よわい》満三十六歳にして、シエルバ・マリアの人生に、そして、この町の歴史の中に足跡をしるすことになったのだった。彼はサラマンカで司教が受け持っていた名高い神学教室に学び、その学年一の成績で卒業していた。彼は自分の父親が詩人ガルシラーソ・デ・ラ・ベーガの直系の子孫であると信じており、詩人にほとんど宗教的なまでに心酔していることを隠さなかった。一方、彼の母親は植民地生まれで、モンポス地方サン・マルティン・デ・ロバの出身だったが、両親とともにスペインに移住していた。デラウラは母方からは何も受け継いでいないとずっと思っていたものだったが、ヌエバ・グラナダ副王領に来てみて、この土地に対する郷愁の念を母方の祖先から相続していることを見いだすようになっていた。

デ・カセレス・イ・ビルトゥーデス司教はサラマンカで初めて彼と対話をした時から、同時代のキリスト教世界の宝となりうるまれな人材を前にしているという感覚を抱いた。それは凍りつく二月の朝のことで、窓からは雪に覆われた原野と、川沿いのポプラの並木が遠景に見えていた。その冬の光景は、反復する夢の枠組みとしてこの若き神学者に一生つきまとうことになるものだった。

ふたりは当然のことながら本について話をしたのだったが、デラウラはその年齢にして司教には信じられないほど多くの本を読破していた。デラウラはガルシラーソについて話した。師の方はその作品に親しんでいないことを告白しなければならなかったが、全作品を通じて神にわずか二回しか言及しなかった不信心な詩人として記憶にとどめていた。

「回数はもう少しあります」とデラウラは答えたのだった。「でも、ルネサンス期の善きカトリック信者の間でも、それは珍しいことではなかったんです」。

デラウラが修道誓願を立てた日、師は、今度ユカタン*の司教に任命された自分とともにこの不確かな地に同行する気はないかと提案した。書物の中の人生しか知らないデラウラにとって、母のよって来《きた》る広大な世界はけっして自分のものになることのない夢のようなものに思われていた。石のように凍結した子羊を雪の中から掘り出している身としては、押しつぶされるような暑さとか、絶えることなき腐肉の臭気、湯気の立ちのぼる沼地といったものは想像するのも困難だった。アフリカの戦役に赴いたことのある司教にとっては、それはまだ思い描きやすいものだった。

「聞くところでは、インディアスに行った聖職者はしあわせで頭がおかしくなるということですが」とデラウラは言った。

「その一方で、首をくくるのもいる」と司教は答えた。「男色や偶像崇拝や人肉食にたえず脅やかされている土地だ」。そして、偏見をこめずにつけたした——

「モーロ*人の土地と同じだな」。

しかし、それが最大の魅力であるとも彼は思っていた。必要とされる戦士には、キリスト教文明の富を分けあたえることができるだけでなく、荒れ野で教えを説くこともできなくてはならない。しかしながら、デラウラは二十三歳にして早くも、絶対的に帰依している聖霊のみもとへの道をしっかり決めているつもりになっていた。

「これまでの一生、夢に見てきたのは主任司書官になることでした」と彼は言った。「自分が役に立つのはそれだけなんです」。

彼はこの夢の実現につながるトレド*での職のために選抜試験もすでに受けており、合格する自信があった。しかし、師はなおも執拗だった。

「トレドで殉教者になるよりも、ユカタンで司書になった方が聖人への道は近いぞ」と彼は言った。

するとデラウラは大胆にもこう答えた――

「もし神がその恩寵をおあたえ下さるのでしたら、私は聖人よりも天使になりたいのです」。

師の誘いについて考えがまとまらぬうちにトレドでの仕事に任官されたが、結局彼はユカタンの方を選んだ。しかし、ふたりとも、結局ユカタンには行き着かなかった。七十日間荒海を航海したあげく、彼らはビエントス海峡で遭難し、ぼろぼろの船団によって救出されはしたものの、ダリエン地方のサンタ・マリア・ラ・アンティグアで運を天にまかせて船から降ろされたのだった。彼らはそこに一年以上とどまり、いつ来るともわからないガレオン船団による通信を待っていると、ついに、デ・カセレス司教は当地の臨時代行司教に任命されることになった。前任者が急死したため司教の座が空席となっていたのだ。新たな目的地に向かう小舟からウラバー湾の壮絶な密林を眺めながら、デラウラはトレドの陰気な冬の間、母を苦しめた望郷の念を自分の中に見いだした。幻覚のような黄昏《たそがれ》、悪夢のごとき鳥たち、マングローブ林の微妙な腐敗臭――いずれも、自ら生きることのなかった過去の愛しい記憶のように感じられた。

「こんなふうにして母の土地に私を導くとは、聖霊のみわざでしかありえません」と彼は言った。

それから十二年、司教はユカタンの夢をすでにあきらめていた。すでに身の丈にあった七十三歳という年になって、喘息に苦しめられて死に向かいつつあり、二度とサラマンカの雪を見ることがないのはわかっていた。シエルバ・マリアが修道院に入ったころには、彼はすでに、弟子をローマに送る道が整い次第、引退することを心に決めていたのだった。

カエターノ・デラウラは翌日すぐにサンタ・クララ修道院に出向いた。暑いさなかにもかかわらず生成《きな》りの毛の修道衣を身につけ、悪霊との戦いに臨む第一の武器として聖水の灌水器《かんすいき》と聖油の器を携《たずさ》えていた。修道院長は彼と初対面だったが、轟きわたるようなその知性と権威によって禁域の掟はすぐに解除された。午前六時、面談室で応対した修道院長は、その若々しい雰囲気と殉教者のような蒼白さ、金属的な声の響き、そして謎めいた白い毛房に強い印象を受けた。しかし、どんな徳性をもってしても、相手が司教の送りこんだ兵士であることを忘れさせることはできなかった。それとは対照的に、デラウラが印象にとどめたのは大騒ぎするおんどりたちの鳴き声だけだった。

「六羽だけなんですが、まるで百羽いるみたいに騒ぐのです」と修道院長は言った。「そのうえ、豚の一頭はことばをしゃべりましたし、山羊は三つ子を産みました」。そしてさらに念を押してつけたした――「お宅の司教様があの乱れた贈り物をくださってからというもの、すべてがその調子でして」。

また、庭の花がまるで自然の摂理に反するような勢いで咲き乱れるのも彼女は不審に思っていた。その中庭を横切りながら彼女は、不自然な大きさや彩りをした花があって、中には耐えがたい匂いのものもあることをいちいちデラウラに指摘していった。日常的なことのすべてが彼女にとっては何か超自然的なものを宿しているのだった。その一言一言を聞きながら、デラウラは相手の方が自分よりも強いことを感じとり、急いで秘かに武器の切れ味を研ぎすました。

「われわれはあの少女が悪霊に憑かれているとは言っていません」と彼は言った。「そうかもしれないと考える理由があるというだけです」。

「私どもが見ているかぎり、明らかにそうです」と修道院長は答えた。

「お気をつけください」とデラウラは言った。「私たちは、理解できないことをすべて悪霊の仕業と考えがちですが、私たちには理解できない神のみわざなのかもしれない、とも考えてみなくては」。

「聖トマスのおっしゃったことで、私の信じていることがあります」と修道院長は言った――「悪霊の言うことはたとえそれが真実であっても信じてはならない、と」。

三階まで上がると大分空気は穏やかになった。片側には日中は錠前で閉じられている空の房が並び、反対側には海の輝きに向けて開かれた窓が続いていた。修練女たちは仕事に熱中しているように見えたが、実際には、牢獄棟に向かう修道院長と客人とを興味津々で追っていた。

シエルバ・マリアの独居房がある廊下の果てまで来る前に、彼らはマルティナ・ラボルデの房の前を通りがかった。これは古くからの修道女だったが、他の修道女をふたり、肉切り包丁で殺害した罪で、生涯鎖につながれることになっていた。彼女はけっして動機を明かさなかった。すでに十一年間そこにつながれており、今ではその罪よりも、度重なる逃亡の試みの方でよく知られていた。一生牢に閉じこめられるというのが、一生修道女として閉域に暮らすのと同じであるという理屈を彼女はけっして受け入れようとせず、そのため、生きながらにして葬られた女たちの棟で召使として刑に服したいと申し出たこともあった。たとえふたたび人を殺さなければならないのだとしても自由でありたい、というのが彼女のたわむことなき妄執となっており、信仰に対するのと同じだけの執念をもってそれにしがみついていた。

デラウラは若干子供じみた好奇心を抑えきれず、小窓の鉄格子の間から房の中をのぞいた。マルティナはこちらに背を向けていた。しかし、のぞかれていることを感じた彼女は扉に向き直り、デラウラは瞬時にしてその呪力を浴びた。修道院長はあわてて彼を小窓から引き離した。

「お気をつけください」と彼女は言った。「この子には何でもできる力がありますから」。

「そんなにすごいんですか?」とデラウラは聞いた。

「それだけすごいんです」と修道院長は言った。「私の好きにできるんでしたら、もうずいぶん昔に放免しています。この修道院にとっては、とても手に負えない混乱の種なのです」。

見張番が扉を開くと、シエルバ・マリアの房からは腐敗の臭気があふれた。少女は石の寝台の上に仰向けになって、革のベルトで手足を縛られていた。死んでいるように見えたが、その目には海の光があった。夢の中の少女とそっくりであることを見ると、震えが全身を包み、冷たい汗が吹き出した。デラウラは目を閉じ、自分の信仰の重さのすべてをこめて低い声で祈りをあげた。祈りが終わった時には自制を取りもどしていた。

「もしこの哀れな子が悪霊に憑かれていないとしてもですよ」と彼は言った。「この環境では、憑かれてくれと言っているようなものじゃないですか」。

修道院長は言い返した――「それは私どもには過分なお褒めというものです」。というのも、修道院の側では房を最善の状態に保つよう最大限の努力をしているのだが、シエルバ・マリア自身がごみための ようにしてしまうというのだった。

「われわれはこの子を敵として戦っているのではなく、彼女の中に住みついている悪霊と戦っているはずです」とデラウラは言った。

彼は床の汚物をよけて爪先立ちで室内に入り、典礼の文句をつぶやきながら房の中に聖水を撒いた。修道院長はその水が壁に作る染みを見て怯えあがった。

「血が！」と彼女は叫んだ。

デラウラはその軽率な判断を咎めた。水が赤いからといって血であるとはかぎらないし、もしそれが血であるとしてもどうして悪魔の仕業と考えるのか。「奇跡だと考えた方が正当でしょう、そして奇跡を行なえるのは神のみです」と彼は言った。しかし、実際にはそのどちらでもなかった。漆喰にしみこむとそれは赤ではなく、濃厚な緑色になった。修道院長は赤くなった。サンタ・クララの修道女たちに限らず当時の女たちはみな、学問的な教育を受ける機会をあたえられないのがふつうだったが、彼女自身はごく若い時から、著名な神学者と偉大な異端者からなる一家の中で*スコラ哲学の問答を仕込まれていた。

「少なくとも」と彼女はやりかえした。「悪霊に血の色を変えるぐらいの力があることは否定なさらないでしょう」。

「折りに合った疑義ほど有用なものはありません」と即座にデラウラは言い返し、相手を正面から見据えた——「*聖アウグスティヌスをお読みください」。

「すでに十分に読んでおります」と修道院長は言った。

「ではもう一度お読みください」とデラウラは言った。

少女を相手にする前に、彼は失礼のない調子で見張番に房の外に出るようにと頼んだ。それから、そのようなやわらかさを一切こめずに修道院長に言った——

「あなた様も、お願いします」。

「あなた様の責任にお任せします」と彼女は応じた。

「最高責任者は司教猊下であらせられます」と彼女は応じた。は言った。

「おっしゃらなくともわかっております」と彼修道院長は揶揄の傾きをこめて言った。「神があなた様方のものであることは存分に承知しております」と

デラウラは口答えせず、彼女のせりふが最後のひと言となるのを許した。彼は寝台の縁に腰掛け、医者のように細心に少女の様子を調べた。まだ体は震えていたが、もう汗はかいていなかった。

近くから見ると、シエルバ・マリアにはあちこちに引っかき傷や青痣《あおあざ》があり、革紐にこすれた肌は赤剝けになっていた。しかし、一番激しい印象を受けたのは足首の傷であり、それは薬術師らの手荒な治療のせいで熱をもって化膿していた。

診察をしながらデラウラは、彼女がここに連れて来られたのはいじめるためではなく、悪霊が彼女の魂を盗もうとして体の中に入った可能性があるからなのだ、と説明して聞かせた。真実を見極めるにはどうしても彼女の協力が必要なのだ、と言って聞かせた。しかし、彼女がそれを聞いているのかどうか、心からのお願いであることを理解しているのかどうか、知ることはできなかった。

検査が終わるとデラウラは薬箱を持って来させたが、薬剤係の修道女が室内に入ることは許さなかった。痛みに対する少女の我慢強さに感心しながら傷口には香油を塗り、皮膚の剝けたところには痛みをやわらげるためにやさしく息を吹きかけてやった。シエルバ・マリアは彼の質問に

は一切答えなかったし、彼の説話に関心を示すことも、また文句を言うこともなかった。

　これは出発点としてはまったく意気をくじかれる思いのするもので、デラウラは悩みながら安息の図書室にもどった。図書室は司教館では一番広い部屋で、窓はひとつもなく、壁を埋めるマホガニー製のガラス棚には無数の書物が秩序だてて並べられていた。中央には大きなテーブルがあり、そこには海図や天体観測器などの航海具の他に、地球儀がひとつあり、そこには世界が広がっていくにつれて代々の地図製作者が肉筆で書きこんだ追加や訂正が記されていた。部屋の奥には粗野な作りの仕事机があり、インク壺や、新大陸の七面鳥の羽ペン、ペン先を切る小刀、インクの吸い取り粉、そして腐ったカーネーションのささった花瓶が置いてあった。部屋じゅうが薄暗がりになっており、安置された紙の匂いにまじって、密林の涼しさと安らぎが漂っていた。

　一番奥の小さな隅に行くと、そっけない板扉で閉《とざ》された書棚があった。これが宗教裁判所の禁書目録に記された禁じられた書物の牢獄だった。「不敬にして空想的な事柄ならびに偽りの物語」を扱っているからだった。道を外れた言文の深淵を探索するよう司教の特別許可を受けているカエターノ・デラウラ以外には、何人《なんぴと》もこの書棚を開けることはままならなかった。

　彼にとってかくも長く安息の場であった図書室は、シエルバ・マリアを知ってからは地獄に変わった。以前は、聖職者、俗人を問わず、友人たちとともに集まっては純粋観念の喜びをわかちあったり、スコラ式問答の勝ち抜き戦や文芸コンクール、音楽の集いなどを企画したりしていたものだったが、以後、彼らと寄り集《つど》うことはなくなるのだった。情熱は悪霊の甘言を理解することにのみ向けられるようになり、五つの昼と夜とをそれに関する読書と黙考に費やしたのち、彼は修道院を再訪した。月曜日、彼がしっかりとした足取りで出かけていくのを見かけた司教は、気分はどうかとたずねた。

「聖霊の翼をいただいたような感じです」とデラウラは言った。

彼は木こりのような元気で満たしてくれる粗い綿の修道服を身につけ、失望に備えて魂にもしっかり鎧を着せていた。どちらも大いに必要なものだった。見張番は彼の挨拶に唸るような声で答えただけだったし、シエルバ・マリアはひどく顔をしかめて彼を迎え、また房内は、傷んだ食べ物やまき散らされた糞尿のせいで息がつまりそうだった。祭壇には、聖体のランプの横に、その日の昼の食事が手つかずのまま残されていた。デラウラはその皿を取って、脂の固まった黒豆をひと匙、少女に差し出した。彼女は顔をそむけた。何度か同じことを試みたが彼女の反応は変わらなかった。そこでデラウラは自らひと匙の豆を口に運び、味を見て、芯から気持ちの悪そうな様子で噛まずに飲み下した。

「きみの言う通りだ」と少女に言った。「これはひどい」。

少女はしかし、彼には一切関心を向けなかった。腫れ上がった足首の治療をした時には皮膚がひきつれて、彼女は目に涙を浮かべた。デラウラは少女の殻が破れたと判断して、善き神父らしく囁きかけてなだめ、ついには、傷めつけられた体を休めてやるために革ベルトをほどいた。少女は指がまだ自分のものであることを確かめるように何度も曲げてみて、また、縛られて麻痺した足を伸ばした。それから初めてデラウラに目をやり、彼の重さ、身の丈を計るように眺めてから、いきなり猛獣のように的確に跳ねて彼に飛びかかった。見張番が手を貸して、ようやく取り押さえ、縛りつけた。部屋を出る前にデラウラはポケットから白檀の数珠を取り出し、サンテリアの数珠の上からシエルバ・マリアの首にかけた。

司教はデラウラが顔に引っかき傷をこしらえて、手には見ただけで痛くなるような歯形をつけて帰ってきたのを見てうろたえた。しかし、もっと不安に感じられたのはデラウラの態度の方だった。彼は傷をまるで戦いの勲章のように見せびらかし、狂犬病に伝染するおそれがあるというのを冗談の種にして一笑に付したのだ。だが、司教の侍医は厳重にその手当てをした。侍医は、翌週の月曜にあることになっている日食が大災害の前兆であると恐れているひとりなのだった。

これとは対照的に、違背修道女のマルティナ・ラボルデに対して、シエルバ・マリアは何の抵抗も見せずになついた。マルティナは偶然を装って少女の房を爪先立ちで覗き、彼女が寝台に手足を縛りつけられているのを目にした。少女は防御の体勢をとり、目を見据えて警戒し続けたが、そこでマルティナは微笑んでみせた。すると少女も微笑み返し、それきり一切の防御を解いたのだった。それはまるで、ドミンガ・デ・アドビエントの魂が房の中に満ちたかのようだった。

マルティナは自分が誰なのか、どうして一生涯そこに閉じこめられているのか、無実を叫びすぎてつぶれてしまった声で話して聞かせた。それとは対照的にシエルバ・マリアは、閉じこめられた理由を聞かれても、悪魔祓い師から聞かされたことをそのまま答えるしかなかった――

「あたしの中には悪魔がいるの」。

マルティナは少女が嘘をついているのか、誰かが彼女に嘘をついたのだと考えてそれ以上はたずねなかった。それが、シエルバ・マリアが白人に何かを聞かれて本当のことを答えたごくまれなケースであることは知るはずもなかった。彼女は少女に刺繍の仕方を実演して見せ、すると、少女は自分でも同じことをやってみたいからほどいてくれと頼んできた。マルティナは他の裁縫道具とともに長衣のポケットに入れている鋏を取り出して見せた。

「ほどいてほしいだけなんでしょ」と彼女は言った。「でも言っておくけど、あたしに何かしようとしたら、あたしはあんたを殺せるわよ」。

シエルバ・マリアはそれが本気であることを疑わなかった。彼女はベルトをほどいてもらい、テオルボの弾き方を学んだのと同じように楽々と、教えられた通りのことをやってみせた。自分の房にもどる前にマルティナは、今度の月曜日、一緒に皆既日食を見られるように許可を取ることを約束した。

金曜日の夜明け、ツバメたちは空に大きな弧を描いて飛んでいきながら、街路や屋根に悪臭ふんぷんたる藍色の雪化粧を落としていった。真昼の太陽が頑固な鳥の糞を乾かし、夜の風が空気を浄化するまで、食事も昼寝もままならなかった。しかし、恐怖感だけはふくらんでいった。ツバメが飛びながら糞をするなどというのは誰も見たことがなかったし、その糞の匂いがひどくて生活の妨げになるなどというのも例のないことだった。

修道院では、当然ながら、誰もが、ツバメの移住の法則を変えるぐらいシエルバ・マリアには容易なことであるというふうに考えていた。日曜日のミサののち、町の広場で買ったお菓子の籠をもって修道院の庭を横切ったデラウラは、それを硬い空気の中にまで感じた。シエルバ・マリアはそんなことに影響されている様子はなく、例の数珠は首にかけたままだったものの、挨拶しても返事はせず、彼の方に目をやろうともしなかった。デラウラは彼女の傍らに腰をおろし、籠に入れてきた揚げ菓子をおいしそうに嚙みしめて、まだ口に入れたまま言った——

「栄光の味がするよ」。

そう言って、残りの半分をシエルバ・マリアの口に近づけた。彼女は顔を背けてよけたが、それまでのように壁の方を向いてしまうことはなく、見張番がこっそり覗いていることをデラウラに合図した。デラウラは力強い動作で手をドアの方に振りかざした。

「そこからどきなさい」と彼は命じた。

見張番がドアから離れると、少女は揚げ菓子の半分で幾日分かの空腹を満たそうとしたが、すぐに口に含んだ分を吐き出した。「ツバメの糞の味がする」と彼女は言った。しかしながら、機嫌はよくなった。ひりひりしていた背中の床擦れの治療がしやすいように協力し、デラウラが手に包帯を巻いていることに気づくと、初めて彼に注意を向けた。彼女は、知らんぷりをしているとはとても考えられない無邪気な様子で、どうしたのかと尋ねた。

「尻尾が一メートル以上もある狂った雌犬に咬まれたんだ」とデラウラは言った。

シエルバ・マリアは傷口を見たがった。デラウラが包帯をはずすと、彼女は炎症のまわりの紫色の腫れに、まるでおき火にさわるように、人差し指でかすかに触れ、そして初めて笑った。

「あたしってほんとにひどい子ね」と彼女は言った。

デラウラは福音書ではなくガルシラーソからの引用で答えた――

「汝、大いにするがよい、耐えられる者が相手なら」。

彼は何か巨大な、取り返しのつかないことが自分の人生において起こり始めているというとっさのひらめきによって、自分の中に火が灯されるのを感じた。帰りがけに見張番は、修道院長からの伝言として、町で買った食べ物を持ちこむことは禁じられている、包囲の時に実際にあったように、誰かが毒の入った食料を送りこむ危険があるためである、と彼に注意した。デラウラは嘘をついて、あの籠は司教の許しを得て持ちこんだものであると言い、ついでに、料理がおいしいことで知られているこの修道院で、牢獄棟に収容されている者に供されている食事のひどさについて正式な抗議をしたためた。

夕食時に彼は、これまでにない活気をもって司教に朗読をした。夜の祈りはいつもと同様、司教に同伴したが、祈りながらシエルバ・マリアのことをより鮮明に思い描くために目をずっと閉じていた。ふだんよりも早く、彼女のことを考えながら図書室にひきこもったが、考えれば考えるほどさらに彼女のことを考えたいという衝迫は増した。ガルシラーソの愛のソネットを声に出してくりかえし、その一行一行に何か自分の人生と関係のある予言が暗号としてこめられているのではないかと読みこんで、そのたびにぎくりとなった。眠れなかった。曙光とともに、読むことのなかった本に額を乗せて机の上に突っ伏した。眠りの底から、隣の教会の内陣で、新しい一日の朝課が始まり、三つの宵課が読唱されるのを聞いた。「すべての天使たちのマリアよ、神がお前を救ってくださいますように」と彼は眠ったまま言った。その自分の声に彼は急に目を覚まし、すると、長衣を着て燃える髪を肩に垂らしたシエルバ・マリアの姿が見えた。彼女は古くなったカーネーションを抜きとって、生まれたばかりのガーデニア*の束を机の花瓶に挿した。デラウラはガルシラーソとともに、燃えあがる声で言った――「汝がために我は生まれ、汝がために我が命はある、汝がために我は死を定められ、汝がために我は死す」。シエルバ・マリアは彼の方を見ずに微笑んだ。彼は影の悪戯《いたずら》でないことを確かめるために目を閉じた。ふたたび目を開いた時、その映像はすでになかったが、図書室には彼女のガーデニアの残した香りが満ちていた。

4

カエターノ・デラウラ神父は、黄色い風鈴草の蔓棚の下で一緒に日食の開始を待とう、と司教に招かれた。そこが館じゅうで唯一、海上の空を一望にできる場所だったからだ。翼を広げて空中で停止しているカツオドリはまるで飛行の最中に頓死してしまったように見えた。司教は、船のキャプスタン*が残されている二本の柱からハンモックを吊って寝そべり、ゆっくりと扇をあおいでいた。そこで昼寝をしたばかりだった。デラウラはその横で、籐の揺り椅子を揺すっていた。ふたりともタマリンド*水を飲みながら、他の家々の屋根ごしに、晴れわたった広大な空を眺めて至福の境地にあった。二時をわずかにまわったころからあたりは暗くなりはじめ、鶏たちは止まり木に集まり、星がいっせいに灯った。超自然的なおののきに世界は震えた。司教は帰り遅れた鳩たちが暗がりの中で鳩舎を捜す羽音を耳にした。

「神は偉大だ」と彼は囁き声で言った。「動物たちまでそれを感じている」。

当番の修道女が彼のもとにランプと、太陽を見るために煤を塗ったガラス板を持ってきた。司教はハンモックの上に起き直り、ガラスごしに日食を観察しはじめた。

「片目で見るようにしないとだめだぞ」と息が気管で鳴るのをおさえながら言った。「そうしないと両目とも失明する危険がある」。

デラウラは手にガラス板を掲げていたが、その目は日食を見てはいなかった。長い沈黙ののち、司教は暗がりの中にデラウラの姿を捜し、この偽の夜の魅惑とは完全に切り離されたところでその瞳が輝きたっているのを見つけた。

「何を考えているんだ？」と司教はたずねた。

デラウラは答えなかった。月のように欠けていく太陽は、黒いガラスごしでも網膜を焼いた。それでも彼は見つめ続けた。

「まだあの子のことを考えているんだな」と司教は言った。

司教は自然とは思えないほどの確率でこのように真実を見抜くのを常としていたが、これにはカエターノもぎくりとなった。「俗衆はあの子の病気をこの日食と関係づけることになるのだろうと考えていたんです」と彼は言った。司教は空に目を釘づけにしたまま首を振った。

「それが間違っているのかどうか、わからんじゃないか？」と言った。「主《しゅ》の振り出すカードを読みとるのは簡単ではない」。

「この現象はもう何千年も前に、アッシリアの天文学者たちによって算出されてました」とデラウラは答えた。

「まるで*イエズス会的な返答だな」と司教は言った。

カエターノはうっかりガラスなしで太陽を見つめていた。それは二時十二分には黒い完璧な円盤となり、その一瞬は昼が真夜中の暗さになった。それから日食は次第に現世的な様相をとりもどし、夜明けのようにおんどりが鳴きはじめた。見つめるのをやめてからも燃える円盤が網膜の中に残った。

「まだ日食が見えてますよ」と彼は面白がって言った。「見るところ見るところ、どこにでも見えてます」。

司教はもう天体のショーは終わったものと見なし、「二、三時間もすれば消えるさ」とだけ言った。彼はハンモックの上にすわったまま伸びをし、あくびをして、再度昼にもどしてくれた主に感謝を捧げた。

しかしデラウラは、まだ前の話題にこだわっていた。

「父上、失礼をお許しいただきたいんですが、私はあの子が悪霊に憑かれているとは思いません」と彼は言った。

司教は今度は本気でうろたえた。

「どうしてそんなことを言うんだ？」。

「思うに、彼女は恐怖にとりつかれているだけなんです」とデラウラは言った。

「証拠はいくらでもあがっているじゃないか」と司教は反論した。「それともきみは記録簿を読んでないのか？」。

もちろんそんなことはなかった。デラウラは記録簿を子細に研究しつくしていた。しかしそれは、シエルバ・マリアの状態を知らせてくれるというよりも、修道院長の精神構造を如実に見せてくれるものでしかなかった。記録簿によれば、修道院では、シエルバ・マリアが収容された朝歩きまわった場所、触れたものすべてに悪魔祓いをしたということだった。また、彼女と接触した者には全員、肉断ちの精進や浄化の儀式が課せられた。最初の日に彼女の指輪を盗んだ修練女には果樹園での強制労働が課せられたという。さらに、記録簿によれば、少女はその手で首を切った子山羊を大喜びで四つ裂きにし、味付けした睾丸と眼球に夢中になって食らいついた。アフリカのことばなら何語でも、アフリカ人たちよりもっとすらすらと話せるばかりか、畜生とすらことばが通じるという才能を大いばりで見せびらかした。着いた翌朝には、二十年前から庭の彩りとして飼われていた十一羽の金剛インコがわけもなく全部死んでいた。また、彼女は自分のものではない声で悪魔的な歌を歌って使用人たちを魅了した。そして、修道院長が自分を捜していることを知ると、彼女の目にだけ見えないよう姿を消してみせた、云々。

「しかしですね」とデラウラは言った。「われわれに悪魔的と見えるものは、実はただ黒人の風俗であるだけだと思うんです。彼女は両親がほっぽりだしていたために、それをひとりでに身につけていたんです」。

「気をつけろ！」と司教は注意をうながした。「悪魔はわれわれの過ちよりも、われわれの知性につけこむものだからな」。

「だとしたら、健やかな子供に悪魔祓いをするなどというのは、悪魔にとっては願ったりかなったりじゃないですか」とデラウラは言った。

司教は苛立《いらだ》った。

「つまり、きみは反乱を起こしている、そう理解していいのか？」

「私なりの疑問をもっている、と理解していただきたいです、父上」とデラウラは言った。「しかし、もちろん、ご命令には謹んで従い申しあげます」。

こうして彼は、司教を説得できぬままふたたび修道院を訪れることになった。左目には眼帯をつけていた。網膜に焼きついた太陽の像が消えるまでつけておくよう医者に指示されたものだった。庭から回廊を抜けて牢獄棟へと向かう間、たくさんの視線が自分を追っているのを感じたが、誰ひとりとしてことばをかけてくる者はいなかった。修道院じゅうに日食の余韻からまだ立ち直っていない雰囲気があった。

見張番の女がシエルバ・マリアの房の鍵を開けた時、デラウラは胸の中で心臓が破裂したように感じ、あやうく足から崩れおちそうになった。その日の彼女の機嫌を見るために、彼は日食を見たかどうかたずねた。たしかに、テラスから見たということだった。しかし、彼女にはデラウラがなぜ眼帯をしているのか理解できなかった。自分は保護の道具を使わずに太陽を見たのに何も問題はなかったからだ。彼女は修道女たちがひざまずいて日食を見ていたこと、そして、鶏が鳴きだすまで修道院じゅうが麻痺状態にあったことを語って聞かせた。しかし、彼女には何も別の世のできごとのようには思えなかったという。

「毎晩見ていることと何《なん》にも変わらなかった」と彼女は言った。

デラウラにもはっきりと名指すことはできなかったが、何かが彼女の中では変化していた。悲しげな様子が一番目につく徴候だった。そう思ったのは間違いではなかった。治療を始めるとすぐに、彼女は不安げな瞳をデラウラに注いで、震える声で言った——

「あたしはもう死ぬのよ」。

デラウラは戦慄を覚えた。

「誰からそんなこと聞いたんだ?」。

「マルティナから」と少女は言った。

「会ったの?」。

少女は彼女が刺繡を教えるために二回、房に来て、日食も一緒に見たことを語った。彼女が言うには、マルティナはいい人だし親切で、修道院長も、海に落ちる夕日を見られるように刺繡のレッスンをテラスでやることを許可してくれたという。

「そう」とデラウラは瞬きもせずに言った。「で、いつ死ぬのか、言われたの?」。

少女は泣きださないように唇を嚙みしめるようにしてうなずいた。

「日食のあとだって」と彼女は言った。

「日食のあとっていうのなら、あと百年後かもしれないじゃないか」とデラウラは言った。

しかし、デラウラは嗚咽《おえつ》をもらしそうなのを気づかれないよう、治療の方に集中した。シエルバ・マリアもそれ以上は何も言わなかった。黙りこんだのを心配してデラウラがふたたび目をやると、彼女の瞳は濡れていた。

「あたし、こわい」と彼女は言った。

そう言って寝台に倒れこむと、彼女はあたりかまわず思いきり泣きだした。デラウラは近くににじり寄って、告解師じみたありふれた慰めを口にした。その時になって初めてシエルバ・マリアは、カエターノが医者ではなく自分の悪魔祓い師であることに気づいた。

「なら、なんであたしの治療なんてするの?」と彼女は聞いた。

デラウラは声が震えた――

「きみのことがとても好きだからだ」。

彼女はデラウラにとってこれが、勇気をふりしぼった大胆極まりないせりふだったことには気づかなかった。

帰りにデラウラはマルティナの房を覗いた。デラウラは彼女を初めて近くから見て、肌には天然痘のあばたがあって、頭は全部剃っていて、鼻は大きすぎるし歯は鼠のようであることに気づいたが、同時に、強い呪力がはっきりとした流体となって流れ出していることを即座に感じ取った。デラウラはあえて房の中には入らず、敷居のところから声をかけた。

「あの子はかわいそうに、ただでさえいろんなことに怯えあがっているんだ」とデラウラは言った。「お願いだから、これ以上こわがらせるようなことは言わないでやってくれないか」。

マルティナはそう言われて当惑した。彼女は誰かの死ぬ日を予告しようなどと思ったことはなかったし、あんなに魅力的で無防備な少女が相手であればなおさらだった。マルティナはただあの子に、病気について問いただしただけであり、返答を三つ四つ聞いてみて常習的な嘘つきであることに気づいたということだった。マルティナがそう語る真剣さを見て、デラウラにも、シエルバ・マリアが自分に嘘をついたのだとわかった。デラウラは自分が軽率であったことを謝り、少女を咎めることはしないようにと頼んだ。

「どうすればいいか、私にはよくわかっていますから」と彼は最後に言った。

するとマルティナは彼を呪力の渦の中に包んだ。「神父様がどなたなのか、よく存じあげております。いつでも何をすればいいのかよくご存じであったことも」と彼女は言った。しかし、シエルバ・マリアが誰の手も借りずに独居房の孤独の中で、死の恐慌をひそかに育んでいたことを確認して、デラウラはかえって傷ついていた。

その週のうちに修道院長ホセファ・ミランダは司教のもとに、異議と苦情を申し立てる直筆の覚書を送り届けた。それによれば、まず、シエルバ・マリア庇護後見の任——それはすでに十分すぎるほどに償われた罪に対する遅きに失した罰であると彼女はとらえていた――からサンタ・クララ修道院を解いてほしいと求めていた。続いて、新たに記録簿に留められた常軌を逸したできごと、少女が臆することなく悪霊と共謀しているとしてのみ説明されうるできごとの羅列があった。そして最後は、カエターノ・デラウラの傲慢及びその放縦な思想、彼女自身に対する個人的な敵意、そして規則に記された禁令に反して修道院に食料を持ちこむという越権行為に関する激しい非難でしめくくられていた。

司教はデラウラが館にもどったのを見るとすぐにこの覚書を見せ、するとデラウラは立ったまま、顔の筋ひとつ動かさずにそれを読んだ。激昂して読み終えた。

「悪霊に憑かれているのは誰かといえばホセファ・ミランダ本人ですよ」とデラウラは言った。「怨恨の悪霊、不寛容の悪霊、愚鈍の悪霊、まったく唾棄すべきものです!」。

その辛辣さは司教が驚くほどだった。デラウラもそれに気づき、言わんとするところを落ちついた調子で説明しようとした。

「私が言いたいのはですね、悪の勢力にこんなに力があるとするというのは、かえって悪霊に心服しているようなものじゃないですか」と彼は言った。

「私は叙任されている立場上、きみに同意するわけにはいかん」と司教は答えた。「しかし、気持ちとしては同意したいところだな」。

司教は何にせよ行き過ぎがあった点についてデラウラを譴責《けんせき》し、修道院長の不穏な気性を我慢するよう忍耐を求めた。「福音書には彼女のような女がいくらでも出てくる。もっとひどい欠点をもっていたのもいる。しかし、イエスはその女たちをも称揚されたのだ」。それ以上ことばを継げなかったのは、館じゅうに雷鳴が轟《とどろ》きわたったからだった。それは海の方へと転がって去り、続いて聖書に出てくるような大雨が落ちて彼らを世界じゅうから孤立させた。司教は揺り椅子に寝そべり、ノスタルジアの海に遭難した。

「なんと遠く離れてしまったことよ！」と彼はため息をついた。

「何からですか？」。

「われわれ自身からだ」と司教は答えた。「自分が孤児になってしまったことを知るまでまる一年もかかるというのが正当なことだと思うか？」。そして返答がないのを見ると、望郷の念を打ち明けた――「スペインでは、もう今夜、みんな眠りについてしまった、そう考えるだけで恐ろしくてたまらなくなる」。

「地球の回転に介入することはできませんから」とデラウラは言った。

「しかし、心が痛まぬよう、知らずにおくこともできたわけだろう」と司教は言った。「ガリレオには信仰だけでなく、心の情けも欠けていたな」。

急激に老けこんでからというもの、悲しい雨の晩になるとこうした発作的な郷愁が司教を苦しめるのをデラウラはよく知っていた。デラウラにできることといえば、眠気が訪れるまでこの黒胆汁の過剰から彼の気を逸らしておくことだけだった。

四月末には新副王ドン・ロドリーゴ・デ・ブエン・ロサーノの到着が間近であることが布告によって公示された。副王庁のあるサンタ・フェ*に向かう途中で立ち寄るのだった。随員としては聴訴官や官僚たちをはじめ、召使や侍医が同行してくるだけでなく、インディアスの退屈をしのぐためにと王妃が下賜された弦楽四重奏団までやってくることになっていた。副王夫人は修道院長となにがしかの縁戚関係にあり、修道院に滞在したいと伝えてきていた。

シエルバ・マリアのことは、消石灰の研磨やタールの蒸気にかすみ、拷問のようなハンマー音や、修道院じゅう禁域にまで侵入したあらゆる種類の男たちがかわす冒瀆《ぼうとく》の叫び声にまぎれてすっかり忘れ去られた。そのさなかで、足場の一部が轟音を立てて崩れ、石工がひとり死に、作業員七人が怪我をするという事件があった。修道院長はこの惨事をシエルバ・マリアの妖術のせいにし、この機会を幸いとばかりに、祝賀行事が終わるまで彼女の身柄をよその修道院に移すことをあらためて要求した。今回の最大の論拠は、悪霊憑きが近くにいるというのは副王夫人にとって好ましくないという点だった。司教は返答しなかった。

ドン・ロドリーゴ・デ・ブエン・ロサーノは*ハイアライと鶉《うずら》狩りの名手として知られる円熟した粋な*アストゥリアス人で、その味のある機知は夫人との二十二歳の年齢差を補ってあまりあるものだった。笑う時には、それがたとえ自分自身についてであっても全身で笑い、肉体を誇示するチャンスは逃さなかった。船上で初めて夜の太鼓の音と熟れた*グァヴァの香りが混じりこんだカリブの風を感じた時から、彼は身につけていた春の衣装を脱ぎ捨て、胸のはだけた格好で夫人連中の間を歩きまわるようになった。陸に着くと、演説も号砲も省略してシャツ姿で上陸した。副王の到着を祝って、司教の禁令にもかかわらず、踊りの会や祭り騒ぎが許可され、原っぱでは闘牛や闘鶏が開かれた。

副王夫人はまだ若い娘といってよく、活発なうえ若干反抗的なところがあり、彼女の来訪は修道院にとっては鮮烈な突風が吹きこむようなものだった。彼女は隅から隅まですべてをその目で見ようとし、あらゆる問題に耳を貸し、すべてをさらに改善したがった。修道院内の巡回では、娘らしい気楽さですべてを一度に見たがった。修道院長は牢獄棟を見せて悪印象をあたえないようにした方が無難だと考えた。

「ご覧になるほどの価値はございません」と彼女は夫人に言った。「入っているのはふたりだけですし、ひとりは悪霊に取り憑かれておりますから」。

それだけ言えば彼女の興味をかき立てるには十分だった。房の掃除ができていない、女囚たちに通知してない、と、いくら言い訳をしても無駄だった。扉が開かれるやいなや、マルティナ・ラボルデは恩赦の嘆願書を持って副王夫人の足もとにひれ伏した。

逃亡未遂一回に成功一回という前歴があるので恩赦というのはむずかしそうだった。最初の逃亡の試みは六年前のことで、さまざまな罪状からそれぞれ異なった刑を科せられていた三人の修道女とともに海に面したテラスから脱出したものだった。中のひとりは逃亡に成功した。窓が封鎖され、テラスの下の裏庭が要塞のように補強されたのはそれからだった。翌年、残された三人は棟のなかで眠っていた見張りを縛りあげ、使用人門から逃げ出した。マルティナの家族は告解師の勧めにしたがって彼女を修道院に連れもどした。四年間の長きにわたって彼女はただひとりの囚人で、面談室で訪問を受けることも教会堂で日曜のミサに参加することも許されなかった。したがって、赦免というのは不可能に思われた。しかし、副王夫人は夫に進言することを約束した。

シエルバ・マリアの房にはまだ消石灰とタールの匂いがたちこめていて鼻につんときたが、以前とは変わって整理整頓が行き届いていた。見張番が扉を開けると同時に副王夫人は凍てつくような風によって呪力に包まれるのを感じた。シエルバ・マリアは擦り切れた長衣によごれたサンダルをはいてすわりこんでおり、自ら発する光に照らされて隅っこでゆっくりと縫い物をしていた。副王夫人が挨拶をするまで目を上げなかった。副王夫人はその目つきの中に、天啓のような抗しがたい強さを見てとった。「聖なる秘蹟」と彼女はつぶやき、房の中へと一歩踏みこんだ。

「お気をつけください」と修道院長は耳もとで囁いた。「虎みたいな子ですから」。

そう言って彼女の腕を引いた。副王夫人はそれより中には入らなかったが、シエルバ・マリアの姿を一目見ただけでこの子を救おうと心に決めるには十分だった。

独身で男好きだった町の総督は、副王を男だけの昼食会に招いた。スペインの弦楽四重奏団が、また、*サン・ハシントから来たバグパイプと太鼓の楽団が演奏し、公開のダンスや黒人の仮面舞踏が行なわれた。後者は白人の踊りの破廉恥なパロディーだった。食後には広間の奥のカーテンが開かれ、総督が体重分の黄金を払って買い求めた例のアビシニアの女奴隷が姿をあらわした。ほとんど透明の長い衣をまとっており、それは裸形の危うさをさらに際立たせた。一般の参加者たちに間近から自らの姿をさらしたのち、女は副王の正面で立ち止まり、すると衣はその体をすべって足もとに落ちた。

その完璧な裸形は人をして狼狽させるほどのものだった。その肩は奴隷商人の銀の焼き印によって汚されておらず、背中にも最初の持ち主の頭文字は刻まれてなく、彼女のすべてが親密なぬくもりを発していた。副王は青ざめ、深呼吸をし、手まで使ってその耐えがたい映像を記憶から拭《ぬぐ》い消した。

「連れていってくれ、後生だから」と副王は命じた。「わが生涯、二度とこの女は見たくない」。

総督の軽佻浮薄に対する仕返しとしてだったのか、副王夫人は、修道院長が自分専用の食事室に副王夫妻を招いた夕食会の席でシエルバ・マリアを夫に紹介した。マルティナ・ラボルデは彼らにこう忠告していた——「首飾りや腕輪をはずしたりしようとしないことです、そうすれば行儀よくできるんですから」。その通りだった。彼女は修道院に連れて来られた時の祖母のドレスを着せられ、髪はきれいに流れるようにと洗われ櫛けずられており、副王夫人が自ら手をとって夫のテーブルへと案内した。修道院長までもがその優美に、その独自の輝きに、その驚異的な髪に心を打たれた。副王夫人は夫の耳もとで囁いた——

「悪霊に憑かれているんですって」。

副王は信じようとしなかった。彼はブルゴスの町で悪霊憑きの女を見たことがあり、その女は、まる一晩じゅう、ついには部屋からあふれるまで休みなく脱糞し続けたのだった。シエルバ・マリアがそのような運命をたどることがないよう、彼は自分の医師たちに彼女を診察させた。医師たちは狂犬病の徴候がいっさい見られないことを確認し、アブレヌンシオと同様に、もうこれから狂犬病が発病することはないだろうと診断を下した。しかしながら、その中の誰も、彼女が悪霊に憑かれているというのに疑義をはさむだけの自信も権威もなかった。

司教はこのお祭り騒ぎの期間を利用して、修道院長の覚書とシエルバ・マリアの最終的な処遇について熟慮を重ねた。その一方でカエターノ・デラウラは悪魔祓いに先立って自らを清めようと、キャッサバ粉パンと水だけをもって図書室にこもった。うまくいかなかった。夜は妄想にうなされ、昼も眠らずに、肉体の苦悶を鎮める唯一の手だてとして熱に浮かされたような詩を書いて過ごしただけだった。

この時書き記された詩の一部は、ほぼ一世紀後、図書室が解体された時に判読しづらい一連の書類とともに発見された。全文が判読できた唯一の詩は最初に見つかったもので、春の霧雨のもと、石畳の敷きつめられたアビラ*の神学校の中庭で、寄宿学生用のトランクの上にすわりこんでいるという、十二歳の時の彼自身の思い出を描いたものだった。彼はトレドの町から騾馬《らば》に乗って数日がかりで到着したばかりで、寸法を直した父親のお古を着ており、トランクは自分の体重の二倍もあった。それは母親が、修練期間の最後まで成績優秀で生き残るために必要と思われたものをすべて、トランクの中に詰めこんだからだった。門番が手を貸してくれて中庭の真ん中まで運んだが、あとは勝手にしろと霧雨を浴びるにまかせて放り出したのだった。

「四階まで持っていきな」と門番は彼に言った。「そこでどこがお前の部屋なのか教えてくれるさ」。

一瞬のうちに神学校じゅうの全員が中庭に面したバルコニーから顔を出し、彼がトランクをどうするか興味津々で見つめていた。それはまるで、ひとりしか登場人物のいない芝居、しかも当の本人が出演していることを知らされていない芝居のようだった。誰も手を貸してくれないことを理解すると、彼は手に持っていけるものをトランクから出し、剝き出しの石の急な階段を四階まで持って上がった。教員助手の学生から、新入生の寝室の、二列に並んだ寝台のどれが自分の寝台なのか知らされた。カエターノは寝台の上に荷物を置き、それから中庭までもどって、さらに四回上り下りして荷物を運び終えた。最後に、空っぽのトランクは、把手を持って階段を引きずりながら運び上げた。

バルコニーから眺めていた教師や生徒たちは、彼がそれぞれの階を通った時には振り向きもしなかった。しかし、最後にトランクを運び上げた時には、四階の踊り場で校長の神父が待っていて、拍手を始めた。他の者たちもそれにならって喝采した。その時になってカエターノは、自分が神学校の最初の加入儀礼を無事こなしたことを知ったのだった。それとはつまり、何も質問せずに、誰の助けも借りずにトランクを寝室まで運び上げることだった。彼の機転の速さ、素直な性格、そして芯の強さは、新入生の模範として讃えられた。

しかしながら、彼の中にもっとも強く刻まれることになる記憶とは、その晩、校長の執務室で交わした会話だった。彼はトランクの中にあった唯一の本に関して校長から呼び出されたのだ。それは父親の櫃の中に偶然見つけて拾いだした状態のまま、縫い目はほどけており、ページは欠けて扉もなくなっていた。道中の夜、読めるところまで読んできており、早く結末が知りたかった。神父の校長はその本に関する彼の意見を聞きたいと言った。

「読み終えるまではわかりません」と彼は答えた。

校長はほっとしたような笑みを浮かべて、鍵の閉まる棚に本をしまった。

「きみがこの本を読み終えることはない」と彼は言った。「禁じられている本だ」。

二十四年後、日の当たらない司教館の図書室で、彼は、認可されている本もそうでない本も、手の届くところにあったものはすべて読んできているのに、唯一あの本だけは読み終えていないことに思い至った。完璧な生涯はこの日で終わった、という怒濤のような感覚に襲われて戦慄を覚えた。予知しえぬ別の人生が、その日から始まるのだった。

復活祭に先立つ精進の八日目、彼が午後の祈りを始めたところで、訪ねてきた副王を迎えるために司教が接客の間《ま》で彼を待っているという伝言が届いた。それは副王自身も予定していなかった訪問であり、初めて町を散策している途中で急に思いついたものだった。大慌てで近くにいた職員を呼び集めて接客の間を多少とも片づけている間、副王には花咲き乱れるテラスからしばし周囲の屋根を眺めていてもらった。

司教は参謀役の六人の聖職者とともに副王を迎えた。彼の右にすわったカエターノ・デラウラは、肩書なしの本名だけで紹介された。談話を始めるに先立って、副王は哀れむような目つきで、漆喰の剝がれかけた壁や破れたカーテン、人夫の作ったような安手の家具、そして最低級の司祭服を着て汗びっしょりになっている聖職者たちを眺めまわした。誇りを傷つけられて、司教は言った――「私どもは大工ヨセフの子でありまして」。副王は理解したことを身振りで示し、それからいきなり、最初の一週間の印象を事細かに語りだした。そして、*戦争の傷が癒え次第、英領アンティール諸島との通商を盛んにしたいとして夢のような計画を語り、当局が教育に介入することの利点について、また、これら植民地の辺境地域が世界と歩調を合わせられるよう、芸術文芸を振興することについて語った。

「改革の時が来たのだ」と彼は言った。

司教はあらためて、この世の権力の安易なことを確認する思いだった。彼は震えがちな人差し指をデラウラに向けて伸ばし、しかしデラウラには目をやらずに、副王に言った――

「ここでそうした時流を理解しているのはカエターノ神父であります」。

副王は指の差す方に目をやり、遠くを見やるような表情と、瞬きせずに見返す呆然としたような瞳と出会った。彼はデラウラに本気でたずねた――

「きみはライプニッツ*を読んだことがあるかね？」。

「読んでおります、閣下」とデラウラは言い、さらに付け加えた――「私の職務の性質上、読んでおります」。

　訪問の終わりまできてようやく明らかになったのは、副王はシエルバ・マリアがどうなるのかという点に一番関心を寄せているということだった。少女自身のためにも、そして、修道院長の平安のためにも、と副王は説明した。彼は修道院長の苦心に心を動かされたとのことだった。

「まだ決定的な証拠は得ておりませんが、修道院の記録によれば、あの哀れな子は悪霊に取り憑かれているようです」と司教は言った。「修道院長の方がわれわれよりもよくわかっていることでありましょう」。

「修道院長は、あなた方がサタンの罠に落ちたと考えているようですが」と副王は言った。

「われわれだけでなく、スペイン全体がそうなのです」と司教は言った。「われわれはキリストの法をもたらすために大洋を渡り、ミサや祭礼や聖人の祭りなどではそれに成功したわけですが、人々の魂においてはいまだ成功していないのです」。

　彼はユカタンの地について話した。そこでは異教のピラミッドを覆い隠すために壮麗なカテドラルがいくつも建てられたが、先住民がどうしてミサにやってくるのかといえば、銀で飾られた祭壇の下に彼らの聖殿が生き続けているからであることには誰も気づかなかった。司教はまた、征服以来行なわれてきた果てしない血の混じり合いについても語った――スペイン人の血とインディオの血の混じり合い、その両者と、イスラム教徒であるマンディンガ族を含むあらゆる出自の黒人との混じり合い、そしてそのような混淆した共生関係が神の王国において認められるのか、自問せざるをえないというのだった。苦しげな呼吸と老人めいた乾いた咳に苦しめられながらも、司教は副王に口をはさむ機会をあたえずに話を終えた――

「こうしたことすべてが、敵の罠でなくて何でありましょうか?」。

副王の表情はすっかり変わっていた。

「猊下の幻滅はなみはずれた深さのもののようですな」と彼は言った。

「いえ、閣下、そうは考えないでください」と司教はごく機嫌よく答えた。「こうした民に、われわれが身を捧げるに値するものとなってもらうまでには、どれだけ信仰の強さが必要となるか、それをお伝えしたかったのです」。

副王は先の話題へと話をもどした。

「私の理解するかぎり、修道院長の不満はごく現実的な性質のもののようです」と彼は言った。「つまり、このようにむずかしいケースを扱うには、他にもっと適切な態勢をもった修道院があるのではないかと彼女は考えているのです」。

「ではどうか閣下にご理解いただきたいのですが、われわれが躊躇することなくサンタ・クララを選んだのは、まさにホセファ・ミランダにこそ、この場合に必要な厳格さ、手腕、威信がそなわっていると考えたからなのです」と司教は言った。「それが間違っていないことは神もご存じのはずです」。

「勝手ながら、そう本人にも伝えましょう」と副王は言った。

「それは彼女も知りすぎるほど知っているはずです」と司教は続けた。「私が不審に思うのは、彼女がどうしてそれを信じようとしないのかという点です」。

そう言うと同時に彼は喘息の発作が近いという前兆を感じ、急いでこの会談を切り上げることにした。彼は修道院長からの異議申し立ての覚書がまだ保留扱いになっていることを語り、健康状態が安定し次第、司教としての最大限の愛情をもって処理することを約束した。副王はそれに謝辞を述べ、訪問を終えるにあたって個人的な好意の申し入れをした。彼自身もしつこい喘息に悩まされていると言い、よろしければ自分の侍医団を司教のもとに遣わそうと申し入れたのだった。司教はその必要はないと思うと答えた。

「私のすべてはすでに神の手の中にあります」と彼は言った。「すでに聖母が亡くなった年齢に達しておりますので」。

挨拶はすんだにもかかわらず、別れは儀式ばってゆっくりしたものだった。聖職者のうちデラウラを含む三人は、陰気な廊下を通って表玄関まで黙って副王を案内した。副王警備隊は矛槍を交差させて柵を作り、乞食たちを遠ざけていた。馬車に乗りこむ前に副王はデラウラに向き直り、有無を言わさぬ人差し指を向けて、こう言った――

「きみのことを忘れることがないようにしてくれたまえ」。

それはいかにも予想外の、謎めいたせりふで、デラウラはかろうじて深くお辞儀をして応えることしかできなかった。

副王は修道院長に訪問の結果を知らせるべく修道院に向かった。その数時間後、すでに馬車の踏み段に足をかけた時になって、彼は夫人の執拗な懇願にもかかわらず、マルティナ・ラボルデの恩赦を拒否した。牢に入っている数多くの殺人犯にとって悪い前例を作ることになると考えたからだった。

司教が体を前にかがめたまま、目を閉じて息が笛のように鳴るのを抑えようとしているところにデラウラがもどってきた。助手たちはすでに足音を忍ばせて退室しており、広間は薄暗がりになっていた。司教は周囲を見回し、空っぽの椅子が壁に沿って並べられていて、部屋の中にデラウラだけしかいないのを見た。そして、ごく低く抑えた声で言った――

「あんな善良な人を見たことがあるか?」と。

デラウラはどっちつかずの身振りで応えた。司教は苦しげに体を起こし、息が収まるまで椅子のひじ掛けに寄りかかって体を支えていた。夕食はいらないと言った。デラウラは急いで寝室までの道を照らすためにランプに火を灯した。

「副王にはひどい扱いをしたな」と司教は言った。

「丁重に迎える理由がありますか?」とデラウラはたずねた。「正式な前触れなしに司教のもとを訪ねたりはしないものです」。

司教はそれとは意見を異にしており、同意できないことをたいへん活発な調子で告げた。「私の扉は教会の扉と同じようにいつでも開かれている、そして副王は、昔のほんもののキリスト教徒のようにふるまった」と彼は言った。「無礼だったのは私の方だ。胸の病気のせいだが、埋め合わせに何かせねばなるまい」。寝室の戸口まで来ると、司教は口調も話題も変えて、デラウラの肩を親しげに叩いてお休みを告げた。

「今夜は私の幸運を祈ってくれ、長い夜になりそうだ」。

実際、司教は副王の訪問中に予感した喘息の発作で死ぬような思いを味わった。*酒石《しゅせき》の吐瀉薬や強力な緩和剤を使っても収まらなかったため、緊急に血抜きをしなければならなかった。しかし、夜明けごろには元気を取りもどした。

隣の図書室で徹夜をしていたカエターノは何も気づかなかった。朝の祈りを始めた時になって、寝室で司教が呼んでいるとの伝言が届いた。行ってみると、司教はベッドの中で一杯のココアとパンとチーズの朝食をとっているところで、新品のふいごのように元気に息をして、気持ちも高揚していた。カエターノは一目見ただけで司教がすでに決断を下していることに気づいた。

その通りだった。修道院長の要請に反してシエルバ・マリアはサンタ・クララ修道院にとどまることとされ、カエターノ・デラウラも司教の全幅の信頼のもとで彼女の面倒を見続けるのだった。少女はそれまでのように牢に閉じこめられるのではなく、修道院内の他の者たちと同様の扱いを享受すべきこととされた。司教は記録簿がつけられたことには謝意を述べたが、その内容は厳密さが欠けていて状態の推移を明確にする妨げとなるため、悪魔祓い師は自身の判断に従って行動すべきであるとされた。最後に、彼はデラウラに、司教の名代として、必要に応じてすべての決断を下す権限をもって侯爵のもとを訪れるよう命じた。一方、時間と健康が許すかぎりにおいて、司教はいつでも侯爵に接見を許す、とのことだった。

「これ以上今後は、一切指示はないものと思ってくれ」と司教は最後に言った。「神がきみを祝福されんことを」。

カエターノは飛び跳ねる心臓を抑えて修道院に駆けつけたが、シエルバ・マリアは独居房にはいなかった。そのかわりに彼女は、公式行事用の大広間でほんものの宝石に飾られ、髪を足もとに垂らして、副王に随行する高名な肖像画家の前で、黒人女のような優美な威厳をもってポーズをとっていた。その美しさのみならず、画家の指示に従う分別も目を見張るべきものだった。物陰に腰をおろして、彼女に気づかれることなく見つめていると、心にあった疑いを拭い消す時間は十分にあった。

九時課までに肖像画はできあがった。画家は距離をおいて絵を眺め、最後に二、三のタッチを加えてから、署名を入れる前にシエルバ・マリアに見てくれるようにと頼んだ。それはまったく彼女そのままだった。彼女は雲の上に立ち、ひれ伏す悪霊の廷臣たちに囲まれていた。彼女はそれをじっくり時間をかけて見つめ、その若き年齢にふさわしい輝きの中に自分の姿を見いだした。そしてようやく口を開いた——

「まるで鏡のようだわ」。

「悪霊たちがいてもそうなのかい？」と画家は聞いた。

「こんな感じなのよ」と彼女は言った。

モデルをつとめ終えた彼女と一緒にカエターノも房にもどった。彼女が歩くのを見るのはこれが初めてだった。彼女は踊るような優美ななめらかさで歩いた。女囚の長衣以外の服を着ているのを見るのも初めてで、王妃のようなドレスを着ていると、年齢も優雅さも増して、彼女がどこまですでに女になっているかが明らかに見てとれた。ふたりはこれまで並んで歩いたこともなく、ふたりでともに歩く純真な気持ちの高揚に彼はうっとりとなった。

副王夫妻の巧みな説得のおかげで房はすっかり様子が変わっていた。夫妻は別れを告げに訪れた際、司教の善き意図にも理があることを修道院長に説いて聞かせたのだった。マットレスは新調され、シーツはリネンのもの、枕は羽枕、さらに、洗面用具とバスタブが置かれていた。海の光は格子をはずした窓から差しこみ、塗り立ての石灰の壁に当たってきらめいていた。食事は禁域内と同じものになったため、もはや外から何も持ちこむ必要はなかったが、それでもデラウラは折りを見ては、広場で売っているお菓子をうまく密輸入して差し入れた。

シエルバ・マリアがおやつを一緒に食べたがったので、デラウラも折れて、サンタ・クララ会の名声の基礎となっている焼き菓子をひとつもらった。それを食べながら、彼女は何気なく言った——

「あたし、雪を見たの」。

カエターノは驚かなかった。以前には、先住民に雪というものを見せるために*ピレネー山脈から運んでこようとした副王がいたというような話があった。その副王は、当地でも、ほとんど海に囲まれたようなシエラ・ネバーダ・デ・サンタ・マルタ山脈に行けば雪があることを知らなかったのだ。もしかすると、ドン・ロドリーゴ・デ・ブエン・ロサーノが例によって新奇な技術を使って、初めて雪を運んでくるという偉業をなし遂げたのかもしれないと彼は思ったのだった。

「ちがうの」と少女は言った。「夢の中でなのよ」。

彼女は夢を話して聞かせた——激しく雪の降っている窓を前にして、ひざに置いた葡萄の房から葡萄の実をひと粒ずつ取って食べていた、というのだった。デラウラは恐怖の鞭に打たれるのを感じた。最後のひと言を目前にして震えながらも、彼はあえてたずねた——

「最後はどうなったの？」。

「こわくて言えない」とシエルバ・マリアは言った。

それ以上は必要なかった。デラウラは目を閉じ、彼女のために祈った。祈りが終わると別人のようになっていた。

「心配ない」と彼は言った。「約束する。じきに、きみは自由になってしあわせになる、聖霊の恩寵のおかげで」。

ベルナルダはその時までシエルバ・マリアが修道院にいることを知らされていなかった。それを知ったのはほとんど偶然だった。ある晩のこと、彼女はドゥルセ・オリビアが家の中を掃いたり整頓したりしているのに出くわし、よくある自分の幻覚と取り違えた。彼女は何か合理的な説明を求めて家じゅうの部屋を調べてまわり、その過程で、もうずいぶん前からシエルバ・マリアを見かけていないことに思いいたった。カリダー・デル・コブレは知っているだけのことを彼女に話した――「侯爵様が私どもにおっしゃったのは、とても遠くに行くのでもう二度と会うことはない、ということでした」。夫の寝室には明かりがついていたので、ベルナルダはノックせずに中に入った。

夫はハンモックの中で起きており、蚊を追い出すために焚《た》いている牛糞の煙に包まれていた。彼は絹のガウンのせいで体の線がすっかり変わって見える見覚えのない女を目にして、やはり幽霊だと思った。青ざめて萎《しな》びているようで、しかもずいぶん遠くから来たように見えたからだった。ベルナルダはシエルバ・マリアのことをたずねた。

「もう何日も前からわれわれのもとにはいない」と侯爵は言った。

ベルナルダはそれを最悪の意味にとり、息をつくために一番最初に見つかった椅子にすわりこんだ。

「ということは、アブレヌンシオが、なるべきようにしたということなのね」と彼女は言った。

侯爵は十字を切った――

「神よ、我らを許したまえ。そんなことがあってたまるか」。

そして本当のことを話した。その時にきちんと彼女に知らせなかったのは、彼女の望み通り、もう死んだものとして扱った方がいいと考えたからだ、と説明するのも忘れなかった。ベルナルダは堕落した俗な暮らしのこの十二年間、一度も見せたことのないほどに注意を集中して、瞬きひとつせずに話を聞いた。

「自分の人生が無になることはわかっていた」と侯爵は言った。「しかし、彼女の命と引き換えだ」。

ベルナルダは深い息をついた――「ということは、今じゃ、私たちの恥は世間じゅうに知られたのね」。彼女は夫のまぶたに涙のしずくが光るのを目にし、続いて臓器の底から震えがのぼってくるのを見てとった。それは、死そのものではなく、遅かれ早かれ起こるはずだったことが避けがたく現実になったものに違いなかった。思い違いではなかった。侯爵は最後の力をふりしぼってハンモックから立ち上がると、彼女の前で崩れ落ち、無能な老人のぶざまな号泣へと突入した。ベルナルダは、絹の布地ごしに股間からも流れ出した男の涙の激しさに打たれた。そして、どれほどシエルバ・マリアを憎んでいようとも、彼女が生きていると知ってほっとしたことを打ち明けた。

「いつでも、何でも私には理解できた、ただ、死だけは別」と彼女は言った。

彼女はふたたび蜂蜜酒とカカオを頼りに自室に閉じこもり、二週間が過ぎて出てきた時にはさまよう屍さながらだった。侯爵は朝早くからせわしない旅立ちの気配を感じとっていたが、黙って無視していた。太陽が熱くなる前に、ベルナルダが裏庭の門からおとなしい騾馬に乗って出ていくのを見た。そのあとには荷物をかついだもう一頭の騾馬が続いた。そのようにして騾馬使いも奴隷も連れずに、また誰にも別れを告げず、理由も述べずに出ていったことは何度もあった。しかし、今回は出ていったきり二度ともどらないことが侯爵にはわかっていた。なぜなら、いつものトランクの他に、何年間もベッドの下に埋めてあった純金の詰まったふたつの壺まで持っていったからだった。

ハンモックにだらしなく寝そべっていた侯爵は、突然、奴隷たちに刺し殺されるという恐怖にふたたび取り憑かれ、それからは彼らに日中でさえ屋敷内に立ち入ることを禁じた。そのせいで、司教の命によってカエターノ・デラウラが訪れた時にも、いくら玄関の打ち金を鳴らしても誰も出て来なかったため、彼は自分で大扉を押し開けて勝手に中に入るしかなかった。マスティフ犬たちが檻の中で暴れまわったが、彼はかまわず中へと進んだ。果樹の庭ではイスラム教徒ふうのチラバを着てトレド帽をかぶった侯爵が、花嫁のようにオレンジの花にすっかり覆われてハンモックで昼寝をしていた。デラウラは相手を起こさずにしばらく眺めていた。それはまるで、シエルバ・マリアが衰えきって、孤独でぼろぼろになった姿を見るようだった。侯爵は目を覚まし、開いた手を上に掲げた。

「神のご加護があらんことを、侯爵閣下」とデラウラは言った。「いかがお過ごしですか?」。

「この通り」と侯爵は応じた。「腐っていく一方です」。

彼は昼寝の蜘蛛の巣をだるそうな手で払いのけ、ハンモックの上に身を起こした。カエターノは勝手に入ってきたことを詫びた。侯爵は、客が来るという習慣がなくなったため、もう誰も打ち金の音など耳に止めなくなったと弁解した。デラウラは厳粛な口調で言った——「司教猊下はごく多忙にして、喘息の調子も芳しくないゆえ、私が代理として遣わされて参りました」。こうして最初の公式な挨拶がすむと、彼はハンモックの脇に腰をおろし、臓腑を焼かれる思いがする肝心の問題へとすぐに入った。

「お嬢様の精神の健康の問題が私に一任されましたことをまずお伝えします」と彼は言った。

侯爵はそれに対して礼を言い、娘の調子を知りたがった。

「良好です」とデラウラは答えた。「しかし、もっとよくなるようお手伝いをしたいと思っております」。

彼は悪魔祓いの意味と方法について説明した。そして、イエスが十二使徒に、汚れた霊を体から追い出し、病と衰弱を癒す権威を授けたことを話した。また、福音書にあるレギオン*と悪霊に憑かれた二千頭の豚の教えについて語った。しかし、肝心要の問題は、シエルバ・マリアが本当に憑かれているのかどうかを明確にすることなのだった。彼自身は憑かれていないと考えていたが、すべての疑いを晴らすにはどうしても侯爵の助力が必要だった。そこでまず第一に、彼女が修道院に入る前にはどんなだったのかを知りたい、と彼は言った。

「私にはわからない」と侯爵は答えた。「彼女のことは知れば知るほどわからなくなるような気がするんだ」。

彼は娘を裏庭の奴隷たちのもとにほっぽり出したことの罪悪感に苦しめられていた。彼女が黙りこくって時には何か月も口を開かないことがあるのはそのせいだと彼は考えていた。また、あの理にかなわぬ暴力性の激発や、自分の手首につけられた鈴を猫の首にぶら下げて母親を小馬鹿にするようなあのずる賢さも、原因は同じところにあると彼は思っていた。そして、彼女を知るのを難しくしている最大の原因は、意味もなく嘘をついてよろこぶというあの悪い癖にあるのだった。

「黒人たちのようにですね」とデラウラは言った。

「黒人たちはわれわれには嘘をつくが、お互い同士ではつかないものさ」と侯爵は答えた。

彼女の寝室に入ったデラウラは、どれが彼女の祖母のありあまる遺物で、どれがシエルバ・マリアの新しい持ち物であるのかを一目で見分けた——生きているような人形、ぜんまい仕掛けの踊り子、オルゴール箱。ベッドの上には、彼女を修道院に連れていった時に一緒に持っていった小さな旅行鞄が、侯爵が荷造りした状態のままで置かれていた。テオルボは埃をかぶって隅に打ち捨てられていた。侯爵はそれが今では使われなくなったイタリアの楽器であることを説明し、少女の演奏の技量を誇張して話した。彼は気晴らしに調弦しはじめ、最後にはしっかりとした記憶をたどって弾いてみせただけでなく、シエルバ・マリアとともに歌った歌まで歌いだした。

それは真実のあらわれた一瞬だった。音楽は、侯爵が娘についてことばでは言い表わせなかったことを、デラウラに語ったのだった。その一方で、侯爵は感涙にむせび、最後まで歌い続けられなかった。彼はため息をついて言った——

「あの帽子がどんなによく似合っていたか、誰にもわからんでしょう」。

デラウラにもその心の動きは伝染した。

「とても愛してらっしゃるんですね」と彼は言った。

「どれほどか、あなたにはわかりますまい」と侯爵は言った。「あの子に会うためだったら魂だって売るさ」。

デラウラは聖霊がもっとも小さなディテールにまで行き渡っていることをあらためて感じた。

「それはごく簡単なことです」と彼は言った。「もし、彼女が取り憑かれていないことを示すことができればですが」。

「アブレヌンシオと話してみてくれないか」と侯爵は言った。「彼は最初から、シエルバ・マリアは取り憑かれてなんかいないと言っていたんだ、ただ、彼にしかそれは説明できない」。

デラウラは自分の前に分かれ道があることに気づいた。彼にとってアブレヌンシオはまたとない味方となりうる、しかし、アブレヌンシオと話をするというのは望ましくない反響を呼ぶ可能性がある。侯爵も彼の考えていることを読んだようだった。

「偉大な人物だよ」と彼は言った。

デラウラは首を意味ありげに傾けて見せた。

「異端審問所の調書も読んでおりますので」と言った。

「あの子を取りもどすためならどんな犠牲も取るに足らないものだ」と侯爵は言いつのった。そしてデラウラが反応を見せないのでさらに言った——

「神の愛にかけてのお願いだ」。

デラウラは心にひびが入るような思いで言った——

「お願いします、これ以上私を苦しめないでください」。

侯爵もそれ以上は言わなかった。ベッドの上の小さな鞄を手に取り、それを娘のもとに届けてくれるようデラウラに頼んだ。

「少なくとも私が彼女のことを思っているのが伝わるだろう」と彼は言った。

デラウラは別れの挨拶もせずに逃げるようにして去った。マントの下に鞄を守り、自分もその中にくるまった。大雨が降っていたからだ。だいぶたってからふと気づくと、テオルボの歌の歌詞の端々を心の中で口ずさんでいた。雨に打ちつけられながら声に出して歌いだし、覚えているかぎり最後までくりかえし歌った。職人街に入ると、なおも歌いながら、小さな礼拝堂のところで左に曲がり、アブレヌンシオ宅のドアを叩いた。

長い沈黙ののち、片足をひきずるような足音がし、眠たげな声が聞こえた。

「どちら様じゃ?」

「法の遣《つか》いだ」とデラウラは言った。

自分の名前を叫ばずにすますにはそれしか思いつかなかった。アブレヌンシオは政府の人間が来たものと本気で思って玄関を開き、しかし、相手が誰なのか見極められなかった。「司教館の図書室の者です」とデラウラは言った。医師は薄暗い敷居口で脇によけて彼を中に通し、びしょ濡れのマントを脱ぐのを手伝った。あくまで彼らしく、ラテン語でたずねた――

「その目はどちらの戦場でなくされたのかな?」

デラウラは得意の古典ラテン語で日食の時のできごとを語り、司教の侍医によれば眼帯をしていればかならず治るとのことだったが、傷がしつこく残っていることをこまごまと説明した。しかし、アブレヌンシオはそのラテン語の純粋さについてコメントしただけだった。

「まったく完璧ですな」と彼は驚いて言った。「どちらで？」。

「アビラでです」とデラウラは答えた。

「ではなおさら称賛すべきですな」とアブレヌンシオは言った。

彼はデラウラの司祭服とサンダルを脱がせ、水を絞って広げ、ぴっちりとした股引《ももひ》きの上から自分の自由思想家マントをかけてやった。それから眼帯も取り、ごみ箱に放りこんだ。「この目の問題はたったひとつ、見るべき以上のものを見てしまうということですよ」と言った。デラウラは居間にぎっしりと置かれている書物の量に目を見張っていた。アブレヌンシオもそれに気づき、天井まで続く高い書棚にもっとたくさん並んでいる書庫に案内した。

「聖なる聖霊！」とデラウラは思わず声を上げた。「まるでペトラルカ*の蔵書室だ」。

「それより二百冊ばかり多いですがね」とアブレヌンシオは言った。

彼はデラウラの好きなように見てまわらせた。スペインでは強盗でもしなければ手に入らないような、この世に一冊の原本などもあった。デラウラはそれらを目に止め、夢中になってページをくり、魂の底に痛みを覚えながら書棚に返すのだった。特に優遇された位置には、永遠の名作『ヘルンディオ修道士』*と並んでフランス語版のヴォルテール*全集が揃っていたし、『哲学書簡』のラテン語訳まであった。

「ヴォルテールのラテン語訳とはほとんど異端ですね」と冗談で言った。

アブレヌンシオはそれが、巡礼たちの慰めに珍本を作るという贅沢に凝っていた、あるコインブラ*の修道士の手で翻訳されたものであることを話して聞かせた。デラウラがそのページをくっている間に、医師はフランス語はできるのかとたずねた。

「しゃべれませんが、読むことはできます」とデラウラはラテン語で言った。そしてあえて謙遜せずに付け加えた——「あとギリシャ語と英語、イタリア語、ポルトガル語に、少しばかりドイツ語もできます」。

「そう聞いたのは、ヴォルテールについておっしゃったことのせいで」とアブレヌンシオは言った。「あれはまったく完璧な文章ですからね」。

「私たちの一番痛いところをついてくる文章でもあります」とデラウラは言った。「フランス人の手になるものだというのが残念なところですが」。

「そうおっしゃるのはあなたがスペイン人だからですよ」とアブレヌンシオは言った。

「この年になって、おまけにいろんな血が混じり合っているもので、私にはもう、自分がどこの人間なのかはっきりわからなくなりました」とデラウラは言った。「自分が何者なのかも」。

「このあたりの土地でそれがわかっている人は誰もいませんよ」とアブレヌンシオは言った。「わかるまでには何世紀もかかることでしょう」。

デラウラは蔵書を調べ続けながら話をしていた。突然、時々起こることだったが、十二歳の時、神学校の校長に取り上げられた本のことを思い出した。その本についてはエピソードをひとつ覚えているだけで、これまでの一生、誰か助けになりそうな人と会うたびに何度となくその話をくりかえしてきていた。

「題名は覚えていなさる?」とアブレヌンシオはたずねた。

「題名は最初から知らなかったんです」とデラウラは答えた。「その結末を知るためなら何を捨ててもかまわないんですが」。

すると医師は何も言わずに、一冊の本を彼の前に置いた。一目でその本だとわかった。『アマディス・デ・ガウラ』*四書の古いセビーリャ版だった。デラウラはそれを、震える手で取って調べ、自分が救済の道を失う直前のところにいることに気づいた。そして、ついに思い切って口を開いた――

「これが禁書になっていることはご存じですか?」。

「この何世紀かの面白い小説はみなそうです」とアブレヌンシオは言った。「そのかわりに近頃では、識者のための論文しか本にならなくなりました。今日日《きょうび》の哀れな民衆は騎士道小説を隠れて読む以外に何を読んだらいいんでしょう?」。

「他にも本はあります」とデラウラは言った。「ドン・キホーテの初版本は出版された同じ年に、ここでも百冊は読まれています」。

「読まれたわけではない」とアブレヌンシオは言った。「税関を通って、植民地各地に運ばれただけです」。

しかし、デラウラは上の空だった。『アマディス・デ・ガウラ』のこの見事な一冊の出所に気づいたからだった。

「この本は九年前に、私どもの図書室での秘密会議の席でなくなって、それ以来行方が知れなくなっているものです」と彼は言った。

「それは知らなかったが、むべなるかなだな」とアブレヌンシオは言った。「しかし、これが歴史的な一冊であると考える理由は他にもある――これは一年以上にわたって人から人へと、少なくとも十一人の人の手にわたって、そのうち少なくとも三人は死んでしまったんだ。彼らは何らかの知られざる放射の犠牲になったに違いあるまい」。

「私としては、あなたを異端審問所に訴えなければなりません」とデラウラは言った。

アブレヌンシオは冗談だと思った——

「何か異端なことでも言ったかね?」。

「いや、自分のものではない禁書の本がここにあるのに、それを告発しなかったからです」。

「禁書なら他にもたくさんあるぞ」とアブレヌンシオは指で大きく弧を描いて、ぎっしり詰まった書棚を差し示しながら言った。「しかし、そのためなら、あなたはもっと前に来ていたはずだし、そうしたら私も玄関を開けはしなかった」。そしてあらためて相手に向き直ると、上機嫌で言った——「しかし、今、こうしてあなたが来てくれて私はうれしい。あなたにここで会えるのはよろこびだ」。

「侯爵が、娘の運命を心配して、ここに来るよう私に言ったのです」とデラウラは言った。

アブレヌンシオは相手を自分の正面にすわらせ、海を揺さぶる黙示録的な大嵐をよそに、ふたりは対話の背徳的なよろこびにひたった。医師は人類の起源以来の狂犬病に関して、野放しになっているその害悪について、幾千年にわたってそれを食い止められずにいる医学の無能について、賢明にして該博な解説をした。太古の昔からそれが、ある種の狂気や精神の障害などと同様、悪霊憑きと混同されてきた嘆かわしい例をいくつもあげた。シエルバ・マリアに関していえば、すでにこれだけの日数がたっているのだから、今になって罹患《りかん》するというのはありそうもないことだった。彼女が直面している唯一の危険とは、アブレヌンシオの結論では、これまでの多くの例と同様、残酷な悪魔祓いの犠牲となって死んでしまうということだった。

この最後の部分は、デラウラには中世的な医学に特有の誇張のように思えたが、少女が悪霊に憑かれていないとする彼の神学的論証の役に立つので、あえて議論しなかった。彼はシエルバ・マリアが話す三つのアフリカの言語は、それがスペイン語やポルトガル語とどれほど異なっていようとも、修道院の連中が言っているような悪魔的な力などとはまったく関係がないことを話した。彼女には常軌を逸した体力があるという証言はいくつもあったが、それが超自然的なものであるとする証言はひとつもなかった。空中浮遊や未来の予言といった行為についても証明されたわけではないし、いずれにせよ、明らかにそのどちらも、聖性の副次的な証拠にもなりうるものだった。にもかかわらず、デラウラがいくら支持を求めて同僚の高名な修道士や、他の会に属する修道士に説いて聞かせても、誰も勇気をふるって修道院の記録簿を論駁し、民衆の軽信に異論を唱えようとはしないのだった。しかし、彼自身の見解も、アブレヌンシオの見解も、それだけでは人を説得できないことがデラウラにはわかっていた。ふたりが一緒になっていてはなおさら無理だった。

「あなたと私、対、他のすべての人、ということになってしまいます」と彼は言った。

「そう、だからこそ、あなたがここに来たのには驚いた」とアブレヌンシオは言った。「私はといえば、異端審問所が捕まえたくてうずうずしている一匹の獲物にすぎないのだから」。

「本当のところをいえば、自分でもなぜここに来たのか、はっきりわからなくて」とデラウラは言った。「あの子は、信仰の強さを試すために聖霊が私に課した試練ものなのかもしれない」。

それだけ言うと、彼は喉を圧迫していた吐息を解き放った。アブレヌンシオはその瞳を見つめて魂の底まで覗き、相手が泣きだす寸前であることを見てとった。

「意味もなく自分を苦しめるものじゃない」と彼は相手を鎮める調子で言った。「ただ彼女のことを話す必要があったから来ただけなのかもしれないじゃないか」。

デラウラは裸の自分をすべて見られているように感じた。彼は立ち上がり、出口へと向かった。走って逃げ出さなかったのはただ、服を着ていないからだった。アブレヌンシオは手を貸してまだ濡れている服を着せてやりながらも、なおもおしゃべりを続けられるよう誘いをかけた。「あなたとだったら次の世紀までずっと話し続けられるよ」と彼は言った。また、目の中の日食を治す透明な洗眼水の瓶を出してきて、それで引き止めようともした。さらに、家のどこかに忘れてきた旅行鞄を捜すために、玄関口から中まで引き返させた。しかし、デラウラは死にそうな痛みにとらわれているようだった。彼はこの午後の歓待と、医学的助言と洗眼水のお礼を言ったが、またあらためてもっと時間のある時に訪ねてくるという以上のことは何も約束しなかった。

早くシエルバ・マリアに会いたいという切迫した衝動を抑えられなかった。戸口から出ても、すでにとっぷりと日が暮れていることにほとんど気づかないくらいだった。雨はすでにあがっていたが、嵐のせいで排水溝があふれており、デラウラは足首まで水につかって通りのまん中へと飛び出した。修道院の戸口番は、籠もりの時間が近いことを理由に彼を拒もうとした。彼は相手を押し退《の》けた――

「司教猊下の命令だ」。

シエルバ・マリアは怯えて目を覚ましたが、暗闇で相手を見分けられなかった。彼はこんな時間にやってきたことをどう説明していいかわからず、でたらめに適当な理由を作った――

「お父さんが会いたがっている」。

少女は鞄に気づき、するとその顔は怒りに燃えあがった。

「あたしは会いたくない」と彼女は言った。

彼は当惑して、どうしてかとたずねた。

「どうしても」と彼女は言った。「死んだ方がましよ」。

デラウラは彼女がよろこぶと思って、いい方の足首から革ベルトをはずそうとした。

「ほっといて」と彼女は言った。「さわらないで」。

彼は耳を貸さず、すると少女は嵐のように彼の顔に唾を吐きつけた。彼も後には引かず、反対の頬を差し出した。シエルバ・マリアはなおも唾を吐き続けた。彼は臓腑の奥からわきあがる禁じられたよろこびの息吹に陶酔して、ふたたび反対の頬を出した。目を閉じ、魂をこめて祈った。シエルバ・マリアは彼がそれを甘受すればするほどさらに激しく唾を吐き続けたが、ついにはどれだけ腹を立てても無駄であることを悟った。そして、デラウラは、ほんものの悪霊憑きの恐るべき光景を目にすることになった。シエルバ・マリアの髪は独自の生命を得て*メドゥーサの蛇のように逆立ち、口からは緑色の涎が、そして、邪教のことばの罵詈雑言が果てることなくあふれ出した。デラウラは十字架を振りかざし、彼女の顔に近づけ、恐怖のさなかで叫んだ――

「そこから出ろ、何者なのか知らぬが、地獄のけだものよ、出ろ」。

その叫びは少女の叫び声をさらにかき立てることになり、ベルトの留め金は引きちぎれんばかりになった。見張番が驚いて駆けつけ、取り押さえようとしたが、それができたのは天国のように穏やかな態度のマルティナだけだった。デラウラは逃げだした。

司教はデラウラが夕食の朗読に来ないので心配していた。わかったのは、彼が悪魔によって堕《お》ちるところまで堕ちきったシエルバ・マリアのおぞましい映像以外、この世のものもあの世のものも、すべてが意味を失った自分ひとりだけの雲の中を浮遊しているということだった。デラウラは図書室に逃げこんだが、何も読むことはできなかった。荒れたつ信仰をこめて祈り、テオルボの歌を歌い、内臓の奥底を焼きつくす熱い油の涙を流して泣いた。シエルバ・マリアの鞄を開け、中のものをひとつひとつ取り出して机に並べた。そのすべてをまさぐり、肉体の飢えた欲望をもって嗅ぎ、愛し、それ以上続けられなくなるまで猥褻な六脚律*の詩文でそれらに話しかけた。それから彼は上半身裸になり、仕事机の引出しから一度も手を触れたことのない鉄の鞭を取り出し、尽きることなき憎悪をこめて自分を鞭打ちはじめた。シエルバ・マリアの最後の残像まですべてを根こそぎ撲滅するまで手をゆるめることはなかった。ずっと動静をうかがっていた司教は、彼が血と涙の泥沼の中でのたうちまわっているのを見つけた。

「あれは悪霊です、父上」とデラウラは言った。「すべての悪霊の中でもっとも恐るべきものです」。

5

司教は彼を譴責のために執務室に呼びつけ、親しみを排してあるがままの完全な告白を聞いた。告解の秘蹟を司っているのではなく司法手続きを行なっていることを司教ははっきりと意識していた。たった一点だけ手心を加えて本当の罪責こそ公にしなかったが、公的な説明を一切つけずにあらゆる庇護、特権から解き、癩病患者の看護人を務めるようアモール・デ・ディオス病院へと追放した。せめて癩病患者たちのために五時のミサを行なってくれるよう彼が懇願してきたので、司教もそれには同意した。彼は深い安堵の感覚を抱いてひざまずき、「天にましますわれらの父よ」の祈りに声を合わせた。司教は彼を祝福し、手を貸して立ち上がらせた。

「神が汝に哀れみをかけて下さいますように」と司教は彼に言った。そして、それきり彼のことは心から消し去った。

カエターノがこの処罰に服しはじめてからも、司教区の高官が何人も彼のために口添えをしたが、司教は頑として応じなかった。悪魔祓い師はしばしば追い払おうとしている当の悪霊に取り憑かれてしまうものだ、という説にも耳を貸さなかった。司教の最終的な判断では、デラウラは異論の余地なきキリストの権威をもって悪霊と対決すべきだったが、その埒を越えて、見当違いもはなはだしく、悪霊どもと信仰の問題を論議するにいたった、ということだった。司教が言うには、それゆえ彼の魂は窮地に陥り、異端すれすれのところまで追いやられたのだった。しかしながら、司教が、せいぜい緑のろうそくの苦行に相当するぐらいの罪に関して、腹心の部下にこれほど厳しい態度に出たということの方が驚きだった。

シエルバ・マリアの世話はマルティナが模範的な献身ぶりをもって見るようになった。彼女が恩赦を拒否されて苦しんでいることに少女はずっと気づかなかったが、ある午後、テラスで刺繍をしている途中でふと顔をあげて見ると、マルティナはとめどなく涙を流していた。マルティナは絶望した気持ちを隠さなかった――

「こんなところに閉じこめられて少しずつ死んでいくんだったら、もう死んだ方がましだわ」。

マルティナのたったひとつの希望とは、彼女自身が言うには、シエルバ・マリアに悪霊たちとの間をとりもってもらうことだった。その悪霊たちが何者で、どんなふうで、どうしたら交渉できるのか、マルティナは知りたがった。少女は悪霊を六人数えあげ、するとマルティナは、そのうちの一人が、一時両親の家に取り憑いていたアフリカの悪霊であることを見てとった。あらたな望みに彼女は活気づいた。

「それと話がしたいわ」と彼女は言った。そして、「私の魂と引き換えでいいから」と、条件まではっきりと言った。

シエルバ・マリアは悪戯心を出して言を左右にした。「彼はしゃべれないの」と彼女は言った。「顔を見るでしょ、そうするとそれで何を言っているのかわかるのよ」。そして、今度訪れがあった時には会えるよう教えるから、と真剣な顔で約束した。

一方、カエターノは病院の悲惨な環境を甘んじて受け入れていた。法的にはすでに死人であるとされている癩病患者たちは、椰子葺きの小屋の、土を突き固めただけの床の上で眠るのだった。その大半はまちまちの方法で地面を這ってまわった。一斉治療の日にあたる火曜日はいつもくたくたに疲れる一日だった。カエターノは、一番体が不自由な人たちを厩の洗い場で洗うという純化の犠牲を自らに課していた。苦行に入って最初の火曜日、聖職者としての威厳を粗野な看護人服に取り替えてそのように過ごしていると、アブレヌンシオが侯爵からもらった栗毛馬に乗ってあらわれた。

「目の調子はどうかね?」と彼は聞いた。

カエターノは相手に、自らの失墜について、あるいは自らの境遇について同情のことばを発する糸口をあたえなかった。彼は洗眼水のお礼を言った。実際、そのおかげで網膜から日食の残像は消えていた。

「お礼なんて言う必要はないさ」とアブレヌンシオは言った。「知られているものの中で、太陽に目が眩んだ時に一番よく効くものをあげただけなんですよ、つまり雨水なんですがね」。

アブレヌンシオは訪ねてくるようにと彼を誘った。カエターノは許可がないと外には出られないのだと説明した。「ここらの土地の弱点はご存じでしょう、きまりなんて三日以上は守られないものですよ」とアブレヌンシオは言った。正義が果たされて処罰が取り消されるのを待つ間、自分のところの蔵書を好きに使って研究を続けるがいいとアブレヌンシオは言った。カエターノはそれを興味深く聞いたが、彼の心には何の幻想もなかった。

「まあよく頭を悩ましてみてくれたまえ」とアブレヌンシオは、馬に拍車を当てながら最後に言った。「どんな神でも、あなたほどの才能を垢擦《あかす》りなんかで無駄にするために作ったわけはないんだから」。

次の火曜日にはラテン語訳の『哲学書簡』を贈り物として持って来た。カエターノはそのページをぱらぱらとめくり、中の匂いを嗅ぎ、その値打ちを計算した。それは大いにありがたかったが、彼にはなおさらアブレヌンシオのことが理解できなくなった。

「どうしてそんなに私をよろこばせようとするのか、教えてほしいんですが」と彼は言った。

「われわれ無神論者は司祭さんたちがいないと生きられないんですよ」とアブレヌンシオは言った。「患者は私らに体のことは任せますが、魂は任せない。だからわれわれは悪魔と同じように、神と魂の奪い合いをしながら生きるわけです」。

「そんなことはあなたの信ずるところとは合わないはずです」とカエターノは言った。

「何が自分の信ずるところなのか、自分でもわかりませんでね」とアブレヌンシオは言った。

「異端審問所にはわかってますよ」とカエターノは応じた。

当然の予想に反して、この一撃にアブレヌンシオは元気づいた。「うちにいらっしゃい、それについてゆっくり議論しましょう」と彼は言った。「毎晩二時間以上は寝ませんし、いつも寝たり覚めたりですから、何時でも結構ですよ」。彼は馬に拍車をかけて去った。

カエターノは、大きな権力というのは中途半端に失われたりはしないことをすぐに学んだ。以前は彼の受けている寵愛ゆえに親しく寄ってきた人たちが、今では癩のように彼を避けるのだった。美術や世俗文学の仲間たちは異端審問に足を取られることがないようにと脇へよけた。しかし、彼にとってはそんなことはどうでもよかった。彼の心はすべてシエルバ・マリアに捧げられてあり、それでもまだ捧げたりないほどだった。どんなに広い海も高い山も、地上の法も天国の法も、そして地獄の力も、ふたりを分かつことはできないと彼は確信していた。

ある晩のこと、並外れた霊感を受けた彼は、なんとしてでも修道院に忍びこむつもりで病院から抜け出した。修道院には四つ出入口があった。正門は例の回転式の木戸だった。海側にはもうひとつ同じ大きさの門があり、あとふたつ小さな勝手口があった。最初のふたつは突破不能だった。カエターノにとっては、浜の側から牢獄棟のシエルバ・マリアの窓を見分けるのは容易なことだった。彼女の窓だけ格子が取り外されていたからだ。彼は街路から修道院の建物を隈なく調べたが、足をかけて登れるような裂け目は、かすかなものすらひとつもなかった。

あきらめかけた時になって、彼は例の「神権停止」期に市民が修道院に物資を運びこんだトンネルのことを思い出した。兵舎や修道院に通じるトンネルというのは当時は珍しくもなかった。その町でも少なくとも六つは知られているものがあり、年月とともに他にも発見されては通俗小説ふうの尾ひれがそなわっていくのだった。以前墓掘り人夫だったある癩病患者からカエターノはどれが自分の求めるトンネルなのかを聞き出した――今では使われなくなった下水道があり、それは前世紀、初期のクララ修道女たちの墓地となっていた隣の敷地と修道院とを結んでいるというのだった。それを伝っていくと、ちょうど牢獄棟の真下、とても登れそうもない高い荒れた壁の前に出た。しかし、カエターノは何度も失敗したあげく、ついに登るのに成功した。祈りの力があれば何でも可能だと信じていた通りだった。

深夜の館は静まりかえっていた。夜警は外で眠ることがわかっていたため、気をつけたのはマルティナ・ラボルデだけだったが、彼女はドアを半開きにして鼾をかいていた。その瞬間まで冒険の緊張に彼の心は張りつめていたが、シエルバ・マリアの房を前にして、閉まっていない錠前が輪っかにぶら下がっているのを目にすると、心臓のたがが外れた。指先でドアを押し、蝶番が軋みを上げている間は生きている心地をなくしたが、ついに彼は、聖体の番をするろうそくの明かりのもと、シエルバ・マリアが眠っているのを見た。彼女は突然目を開き、しかし、リネンの看護人服のせいで誰なのか見分けるまで時間がかかった。彼は血まみれの爪を見せた。

「土壁をよじ登った」と彼は声もきれぎれに言った。

シエルバ・マリアは感動した様子もなかった。

「何のために？」と言った。

「きみに会うために」と彼は言った。

それ以上何を言っていいのか、手の震えと割れた声に当惑してわからなかった。

「帰って」とシエルバ・マリアは言った。

彼は声が出ないかもしれないのを恐れて、何度か首を振った。「帰って」と彼女はくりかえした。「じゃないと大声を出すわよ」。彼はその時、その処女の呼気を嗅ぐほど近くにいた。

「たとえ殺されようとも帰らない」と彼は言った。そして急に、恐怖を超えた向こう側に自分がいるのを感じ、しっかりとした声でつけくわえた――「だから大声を出すつもりならさっさと出せばいい」。

彼女はくちびるを噛んだ。カエターノは寝台の上に腰かけ、自分の受けている処罰について事細かに語りだしたが、その理由については口にしなかった。彼女は彼がことばにして言いえた以上のことを理解した。そして不信のない目で彼を見つめ、どうして眼帯をしていないのかとたずねた。

「もう必要ないんだ」と彼は元気づいて言った。「今では目を閉じると、黄金の川みたいな髪の毛が見える」。

二時間後、彼は幸福感にひたって帰っていったが、それは、彼がまた来ることに、街頭で売っている好物のお菓子を持ってきてくれるならという条件つきでシエルバ・マリアが同意したからだった。翌日の夜、彼はごく早い時間にやってきたため、修道院の中にはまだ人の気配があり、彼女もろうそくをつけてマルティナに教わった刺繍を終えようとしているところだった。三日目の晩には明かりをずっとつけておけるよう、ランプの油と芯を持ってきた。四日目の晩、土曜日には、幽閉されてまた増えだした虱を取るのを数時間かけて手伝った。髪がきれいになって梳《と》かしおわると、彼はふたたび誘惑の冷たい汗を感じた。彼は荒れた息をしてシエルバ・マリアの隣で横になった。彼女の澄みきった瞳は目の前にあった。ふたりとも心が乱れて戸惑った。彼は怖くなって祈りながらもその視線をじっと受け止めていた。彼女は大胆にも口を開いた――

「あなたは何歳？」。

「三月で三十六歳になった」と彼は答えた。

彼女は値踏みするように彼を見た。

「もうおじさんなのね」とからかうような調子で言った。そして、彼の額の皺を見て、その年頃の残酷さのすべてをこめてつけくわえた――「皺だらけのおじさんね」。彼はそれを機嫌よく受け止めた。シエルバ・マリアはどうして髪の毛に白い房があるのかと質問した。

「ほくろみたいなものだよ」と彼は答えた。

「お洒落で？」と彼女は言った。

「生まれつきさ」と彼は言った。「ぼくのお母さんにもあったんだ」。その時まで彼はずっとシエルバ・マリアの瞳を見つめていたし、彼女の方でも目をそらそうとはしなかった。彼は深いため息をつき、朗唱した――

「おお、我にしばし見えざりし甘き心よ」。

彼女には意味がわからなかった。

「ぼくのひいおばあさんのひいおじいさんが作った詩なんだ」と彼は説明した。「その人は、牧歌を三つと、挽歌をふたつ、叙情詩五つとソネットを四十篇、書いたんだ。そのほとんどは、自分のものにならなかったひとりの女の人のために書いたものだった。たいした魅力もないポルトガル人の女性だったんだけど。自分のものにならなかったというのは、まず彼の方が結婚していたからで、それに、彼女の方も別の男と結婚して、結局彼よりも前に死んでしまったからなんだ」。

「やっぱり修道士だったの？」。

「兵隊だった」と彼は言った。

何かが彼女の心の中で動いたようで、シエルバ・マリアはもう一度その詩を聞きたがった。彼はくりかえして聞かせ、今度はそのまま続けて、張りのある聞き取りやすい声で、ドン・ガルシラーソ・デ・ラ・ベーガの四十のソネットを最後まで歌いあげた。それは、戦場のたったひとつの石礫により、人生の花盛りで死んだ愛と武勲の騎士だった。

朗唱し終わるとカエターノはシエルバ・マリアの手を取り、自分の心臓の上に置いた。彼女はその中で渦巻く嵐の轟きを感じた。

「いつでもこうなんだ」と彼は言った。

そして、恐慌にとらわれる前に、生きる妨げとなっている頭脳というあの濁れる物質をかなぐり捨てて告白した――彼女のことを考えない時間というのは一瞬もなく、食べるもの飲むものすべて彼女の味がし、唯一、神のみがそうであってしかるべきなのだが彼にとって人生とはいつでもどこでも彼女のことであり、彼の心の最高のよろこびとは彼女とともに死ぬことである、と。彼は目をそらしたまま、詩を朗唱した時と同じなめらかさと情熱をもっていつまでも話し続けたが、ふと、シエルバ・マリアが眠りこんでしまったような気がして口をつぐんだ。しかし彼女は目覚めており、当惑した鹿のような瞳を彼に注いでいた。彼女は勇気をふるってやっとのことでこうたずねた――

「で、これからどうするの？」。

「どうもしない」と彼は答えた。「きみに知ってもらうだけで、それでいいんだ」。

それ以上は続けられなかった。声を出さずに泣きながら、枕がわりに彼女の頭の下に腕を通し、すると彼女は彼の胸に寄りそって丸くなった。ふたりはずっとそうしていた。眠らず、話しもせずに、鶏が鳴き声をあげはじめるまで。彼は五時のミサに間に合うよう急がなくてはならなかった。彼が出ていく前に、シエルバ・マリアは華麗な*オドゥアの数珠を贈った――真珠貝と珊瑚の数珠玉が十八インチにわたって連なっているものだった。

恐慌にかわって不安が彼の心を支配するようになった。デラウラは心の休まる時がなく、仕事はいい加減にやりとばし、シエルバ・マリアに会いに病院から抜け出す幸福な時間まで、宙に浮かぶようにして過ごした。彼は息を切らして、永遠に降り続く雨にびしょ濡れになって彼女の房にたどりつき、同じようにすっかり待ち焦がれている彼女も、彼の微笑みを目にするだけで息を吹き返すようだった。ある晩のこと、彼女の方から進んで、何度も聞いて暗唱するようになった詩を歌いだした。「立ち止まりて我が身を振り返り、汝の我を導きて来りし足跡を見る時」と彼女は朗唱した。そして、悪戯げにたずねた——

「この先はどうなるんだった？」。

「我は果つる。我を道に迷わせ息の根を止めることを知る者に、術なく身を任せしゆえなり」と彼は答えた。

彼女は同じやさしさをこめてそれを復唱し、ふたりはそのまま、作者になりかわったように自由に詩の一部を飛ばしたり、都合に合わせて改竄《かいざん》したり歪曲したり、気まぐれにソネットをもてあそびながら本のおわりまで続けた。ふたりは疲れ果てて眠りに落ちた。五時になると、おんどりたちが大騒ぎする中、見張番が朝食を持って入ってきて、ふたりとも驚いて目を覚ました。命の鼓動が止まった。しかし、見張番は朝食をテーブルに置き、カンテラで照らしてひと通りの検査をすると、寝台の上にいるカエターノに気づかずに出ていった。

「ルシフェル*も質《たち》が悪いな」と彼は、我に返ると冗談で言った。「ぼくまで目に見えなくしやがった」。

シエルバ・マリアはその日、見張番がふたたび房の中に入ってくることがないように巧知のかぎりを尽くした。夜が更けると、まる一日戯れあって過ごしたふたりは、一生愛しあってきたような気持ちになっていた。カエターノは冗談とも本気ともつかずに、大胆にもシエルバ・マリアの胴衣の紐をほどいた。彼女は両手で胸を隠し、その一瞬、その目には憤怒の光がきらめき、閃光のような赤みが顔を染めた。カエターノはその両手を、まるで燃える炎を扱うように親指と人差し指でつかみ、胸から引き離した。彼女は抵抗したが、彼はやさしく、しかし断固たる力で対抗した。

「ぼくに続いて言うんだ」と彼は言った。「ついに我は汝の手の中に来たれり」。

彼女は言われた通りにした。「死するとわかっている所へ」と彼は、凍りついた指で胴衣を開きながら続けた。彼女はほとんど声にならない声で、恐怖に震えながら復唱した――「屈伏せし者を切る刀の切れ味を、ただ我が身において試さんがために」。そして、彼は初めて彼女のくちびるに口づけをした。シエルバ・マリアの体は軋みをあげて震え、かすかな潮の息吹を放つと、あとは運命に身をまかせた。彼は指先の腹でほんのかすかに触れながらその肌をさまよい、他者の体の中にいる自分を感じるという驚異を生まれて初めて生きた。内なる声は彼に告げていた――ラテン語とギリシャ語の不眠の夜を、信仰の陶酔を、そして純潔の荒野を生きていた自分がどれほど悪魔から遠いところにいたのかを。その一方で彼女は、奴隷たちの小屋の中で、自由な愛を生きるすべての勢力とともに生きていたのだ。彼は彼女に導かれるままに闇の中を手さぐりで進んでいったが、最後の瞬間になって思い返し、道徳的混乱へと陥った。仰向けになって、じっと彼は目を閉じていた。シエルバ・マリアは彼が黙りこみ、死んだように動かなくなったのに怯え、指先で触れてきた。

「どうしたの?」と彼女は聞いた。

「ちょっとほっといてくれ」と彼は呟くように言った。「お祈りしてるんだ」。

続く数日間というもの、心の休まるのは一緒にいる時だけだった。ふたりは愛の痛みについて飽くことなく話した。果てしなく口づけを交わし、熱い涙を流しながら恋人たちの詩を朗唱し、お互いの耳もとで歌を歌い、欲情の沼地で力尽きるまで転げまわった――どちらも疲れ果てたが、純潔のままだった。というのも、彼は婚姻の秘蹟を受けるまで純潔の誓いを守る決意を固めており、彼女も同じ気持ちだったからだ。

熱情の合間には、ふたりは過剰なほどの試練を互いに課した。カエターノは彼女のためなら何でもできると言った。するとシエルバ・マリアは幼児的な残酷さを発揮して、彼女のためにゴキブリを食べるようにと命じた。彼はシエルバ・マリアがやめてと言って邪魔するよりも早く、一匹つかまえて生きたまま食べてみせた。錯乱した挑戦合戦のうちに彼は、自分のためだったら三つ編みを切るかとたずね、それに対して彼女は切ると答えたが、冗談か本気か、その場合には聖母への誓いにあった通り彼女と結婚しなければならないのだと警告した。彼は台所の包丁を房に持ってきて言った――「ほんとかどうか見てみよう」。彼女は根もとから切れるよう彼に背中を向けた。そして、けしかけた――「やってごらんなさい」。彼にはできなかった。それから何日かたって彼女は、子山羊みたいに首を切らせてくれるか、と彼に聞いた。彼はためらうことなく、切らせると答えた。すると彼女は包丁を取り出し、試す準備を整えた。彼は最後になって寒気を覚えて恐怖に飛びのいた。「きみはだめだ」と彼は言った。「きみはだめだ」。彼女は死ぬほど笑って、どうしてなのかと知りたがり、彼は本当のことを言った――

「きみはほんとにやれるから」。

熱情が収まった時には、ふたりは日常的な愛の倦怠をも楽しむようになった。彼女は、帰宅する夫のようにして彼がやってくる時のために、房を掃除し、整頓しておくようになった。カエターノは彼女に読み書きを教え、詩の道へと案内し、聖霊信仰の手ほどきをして、ふたりともが自由の身になって結婚する幸福な日にそなえた。

四月二十七日の夜明け、カエターノが房を去ってシエルバ・マリアが眠りにつこうとしている時だった。悪魔祓いを開始すべく、予告もなく、人が彼女を連れにやってきた。それは死刑囚に対するお決まりのやり方と同じだった。彼女は水汲み場まで引きずっていかれ、バケツの水を浴びせて洗われ、数珠は引きちぎって外され、異端者に着せる粗末な衣をかぶせられた。園芸担当の修道女が剪定鋏《せんていばさみ》を四回ふるって髪を首筋のところでばっさりと切り落とし、裏庭に焚かれたかがり火に放りこんだ。髪切り女は最後には、クララ会の修道女たちがベールの下に隠しているのと同じように、半インチを残して根もとまで髪を刈り、切った髪はそのつど火の中に放りこんでいった。シエルバ・マリアは黄金色の炎が上がるのを目にし、生の薪が弾《はじ》けるのを聞き、角が焼けるような刺激臭を嗅いだが、石のような表情のまま顔の筋肉ひとつ動かさなかった。最後に彼女は拘束着を着せられ、不吉な色の布切れで覆われ、奴隷ふたりによって野戦用担架で教会堂へと運ばれた。

司教は聖職禄を受けている高位聖職者からなる聖堂参事会を招集し、その中から、シエルバ・マリアに対する処置において司教の補佐をする四人が互選で選出されていた。司教は確固たる態度を示す最後の機会のために、すぐれぬ健康をおして立ち上がったのだった。彼はこの度の儀式は、記憶に残すべき他の機会のようにカテドラルにおいてではなく、サンタ・クララ修道院の教会堂で行なわれるべきであると定め、自ら悪魔祓いの実行役を引き受けていた。

修道院長を筆頭とするクララ修道女たちは朝課の前からすでに内陣に集まっており、明けようとしている一日の厳粛に心を震わせながら、オルガンの伴奏で朝課を歌った。それに続いてすぐに、聖堂参事会の高位聖職者たち、および、三つの修道会の修道会長と異端審問所に属する貴族たちが入場した。この最後の数人を別にすれば、民間人はひとりも参加しないことになっていた。

最後に厳粛な装いをこらした司教が、四人の奴隷がかつぐ御輿に乗って、宥《なだ》めがたい悲嘆の面持ちで登場した。彼は主祭壇の前、大がかりな葬儀に際して使われる大理石の棺台の横で、体を動かしやすいよう回転式の座席に腰をおろした。六時きっかりになると、ふたりの奴隷が、拘束着の上から暗紫色の布に覆われたシエルバ・マリアを担架に乗せて運びこんだ。

歌ミサの間に暑さは耐えがたいものとなった。オルガンの低音は格天井に反響し、内陣の目隠し格子の背後、目に見えぬところで歌っているクララ修道女たちのくすんだ歌声はほとんどかき消されんばかりだった。シエルバ・マリアの担架を運んできた上半身裸の奴隷ふたりは、警護役として彼女の脇にとどまった。ミサの終わりになって彼女の覆いははずされ、死んだ王女のように大理石の棺台に横たえられた。司教の奴隷たちは彼を座席ごとシエルバ・マリアの近くまで運び、主祭壇の正面の広い空間にはふたりだけが残された。

それからは、生き抜くのもつらいような、張りつめた絶対的な沈黙が、何か天上の驚異を予告するかのように続いた。侍祭が聖水の灌水器を司教に差し出した。司教はそれを戦いの武器のようにひしとつかんでシエルバ・マリアの上に身を乗り出し、祈りの文句を呟きながらその全身に聖水をふりかけた。そして出し抜けに呪文を絶叫して教会堂を土台から揺すぶった。

「貴様が何者であれ」と彼は叫んだ。「目に見えるもの見えぬものすべての、そして現にあるもの、過ぎ去りしもの、来《きた》るべきものすべての神にして主であるキリストの命令である——洗礼により贖われしこの肉体を放棄し、闇へともどり去れ」。

恐怖に我を失ったシエルバ・マリアもまた同時に叫び声をあげた。司教はそれを黙らせるためにさらに声を張り上げたが、彼女はそれ以上に大声を出した。司教は深く息を吸いこみ、呪文を続けるためにふたたび口を開いたが、息は胸の中で途切れて出てこなかった。彼は陸にあがった魚のように喘ぎながらうつむけに倒れこみ、儀式は恐ろしい轟音とともに終わりをつげた。

カエターノはその晩、シエルバ・マリアが拘束着の中で熱を出して震えているのを見つけた。彼がもっとも腹を立てたのは、愚弄するように刈り上げられた頭だった。「天にまします神よ」と、彼はベルトをほどいてやりながら憤怒にかられて呟いた。「どうしてこんな罪をお許しになるのか」。体が自由になるとすぐにシエルバ・マリアは彼の首にしがみつき、彼女が泣きじゃくる間、ふたりは何も言わずに抱き合っていた。カエターノは好きなだけ泣かせてやった。それから彼女に向けて顔を上げて言った——「もう涙はおしまいだよ」。そしてガルシラーソにひっかけて言った——

「汝のために我の流せし涙だけにて十分なり」。

シエルバ・マリアは教会堂での恐るべき体験を彼に語った。まるで戦争のような聖歌の大音声《だいおんじょう》について、狂ったような司教の叫び声について、燃えるように熱いその息、興奮にたぎったその美しい緑色の瞳について彼女は語った。

「まるで悪魔みたいだった」と彼女は言った。

カエターノは彼女を安心させようと努めた。巨人のような体格にもかかわらず、また、嵐のような大声、軍隊ふうの手法にもかかわらず、司教は善良で賢い人であることを説いて聞かせた。だからシエルバ・マリアの怯えは理解できるけれども何の危険もないのだ、と請け合った。

「あたしはもうただ、死にたい」と彼女は言った。

「打ちのめされて怒りのやり場がないのはぼくも同じだ、きみを助けられなかったんだから」とカエターノは言った。「でも、復活の日に、神はかならずぼくらに報いてくださるはずだ」。

彼はシエルバ・マリアから贈られたオドゥアの数珠を首からはずし、自分のがなくなった彼女にかけてやった。ふたりは寝台の上に並んで横たわり、怨念をわかちあった。世界は消えてゆき、天井を食い進む白蟻の音だけが残っていった。熱は下がった。カエターノは闇の中で口を開いた。「黙示録には、二度と夜の明けない日が来ることが予告されている」と彼は言った。「神が今日をその日にしてくれるといいんだが」。

カエターノが帰ってから一時間ほど眠ったころだっただろうか、あらたな物音にシエルバ・マリアは目を覚ました。目の前には、修道院長とともに、覆いかぶさるような長身の年老いた司祭が立っていた。硝石で荒れた褐色の肌、ぼさぼさの頭、無骨な眉、野良仕事に親しんだような手、そして信頼を招くような目をしていた。シエルバ・マリアがしっかりと目を覚ます前に、司祭はヨルバ語で言った――

「きみの数珠を持ってきたよ」。

そう言ってポケットから彼女の数珠を取り出した。彼の要求を受けて修道院の管財役が請け出した状態のままだった。それをシエルバ・マリアの首に順次かけてやりながら、彼はひとつひとつアフリカのことばで数えあげ、その名を告げた――赤と白はチャンゴーの愛と血、赤と黒はエレグアーの生と死、七つの玉はイエマヤーの水と蒼。彼は実になめらかにヨルバ語からコンゴ語へ、コンゴ語からマンディンガ語へと移っていき、シエルバ・マリアも優雅に、そして流暢に応じた。最後になってスペインのカスティーリャ語に変えたのは、シエルバ・マリアがこれほど甘く穏やかにしているというのを信じられずにいる修道院長にもわかるようにと配慮してのことだった。

それは*トマス・デ・アキーノ・デ・ナルバエス神父だった。彼はかつてはセビーリャの異端審問所で検事役を務めていたが、現在では奴隷地区の教区司祭となっており、健康上の理由から司教にかわって悪魔祓いを行なうよう選任されたのだった。厳格な男であることは履歴からしてはっきりしていた。異端者、ユダヤ人、イスラム教徒あわせて十一人を火刑に処してきており、しかし、彼の信望は何よりも、*アンダルシアの狡猾な悪霊たちの手からたくさんの魂を請けもどした実績に基づいていた。趣味や作法は洗練されており、カナリアのように甘い口調に特徴があった。四十過ぎの奴隷女と結婚した王室代訴人の息子としてこの地で生まれた彼は、潔白な白人の血筋であることを四世代前までさかのぼって証明した上で地元の神学校に入学を認められ、そこで修練期を過ごした。成績が優秀だったためセビーリャの博士課程へと推挙され、そのまま五十歳になるまでそこで教えを説いて暮らした。当地にもどると、もっとも貧しい教区への配属を希望し、アフリカの宗教と言語に傾倒して、奴隷たちにまじって自分も奴隷のようにして暮らした。シエルバ・マリアのことを理解し、その悪霊たちに理知をもって立ち向かうには彼にまさる人物はとてもいそうもなかった。

シエルバ・マリアは彼が救いの大天使であることをすぐに見てとった。それは間違っていなかった。彼はシエルバ・マリアがいる前で記録簿に記されている議論を論駁してみせ、いずれも決定的な論拠にはならないことを修道院長に示した。アメリカ大陸の悪霊がヨーロッパの悪霊と同じものであることを教え、しかし、その名前と行動は異なっていることを説いた。悪霊憑きを見分けるための慣例的な四規則について説明し、同時に、悪霊の側がそれを逆用して事実と反対のことを人に信じさせるのがいかに容易であるかも理解させた。別れを告げながら彼はシエルバ・マリアの頰をやさしくつねってみせた。

「安心しておやすみ」と彼は言った。「これまでに、もっとひどい敵に出会ったこともあるからね」。

修道院長はすっかり心服して機嫌がよくなり、クララ会の名高い香水ココアに、アニス*のクッキーをはじめ、特別な人にのみ提供されるお菓子工房の傑作をそろえて司祭を歓待した。修道院長専用の私的食事室でそれをいただきながら、彼は今後の措置について指示を出した。修道院長はいずれもよろこんで受け入れた。

「あの哀れな子がよくなろうと悪くなろうと、私はまったく関心ありません」と彼女は言った。「私が神にお祈りするのは、ただ、早くこの修道院から出ていってほしいということです」。

神父は、数日のうちに、あるいはうまくすれば数時間のうちにそうなるよう最善の努力をする、と約束した。両者ともに上機嫌で面談室で別れを告げた際には、どちらも、そのまま二度と顔を合わせることがなくなるとは想像もできなかった。

しかし、そうなのだった。アキーノ神父――教区民にはそう呼ばれていた――は、歩いて自分の教会に向かった。だいぶ前からお祈りをする機会は減って、そのかわりに毎日、懐旧の痛みを生きなおすことで神に対する埋め合わせをするようになっていたからだった。彼は町の広場にしばらく立ち寄り、ありとあらゆる物売りの呼び声に圧倒されつつも、港付近のぬかるみを渡るのに太陽が少し傾くまで待つことにした。一番安いお菓子を少しばかり買い、また、貧乏人向けの宝くじを、当たったら落ちぶれた自分の教会を修復しようという癒しがたい幻想に押されて一枚だけ買った。地面に敷いたジュート*の筵《むしろ》に安物細工を並べて、巨大な偶像のようにすわりこんでいる黒人のおばさんたちと半時間ばかり会話を楽しんだ。五時ごろになってゲッセマニ地区の跳ね橋を渡った。そこには、狂犬病で死んだことがわかるように、太った不吉な犬の死体がぶら下げられたばかりだった。空気には薔薇の香りがあり、空はどこにもないほど澄みきっていた。

奴隷地区は潮干潟の縁に位置しており、貧困の極みにあった。椰子の葉を乗せた粘土作りの小屋の中で、人々は禿鷲や豚とともに暮らしており、子供たちは通りの水たまりで泥水を飲んだ。にもかかわらず、そこは町じゅうで一番陽気な地区であり、強烈な色彩と晴れやかな声にあふれ、日暮れ時、人々が椅子を通りのまん中に出して夕涼みをするころにはなおさらだった。教区司祭は干潟の子供たちにお菓子を配り、自分の夕食がわりに三つだけ取っておいた。

彼の教会というのは土壁の小屋に椰子の葉で屋根を葺き、棒でできた十字架を柱に取りつけただけのものだった。がっしりした板作りの長椅子があり、たったひとつの祭壇にはたった一体の聖人像、そして木製の説教壇では司祭が毎週日曜にアフリカのことばで説教をすることになっていた。司祭宅は主祭壇の裏手に続く教会の延長部分であり、彼は簡易寝台と粗末な椅子がひとつあるだけの小さな部屋で最低限の暮らしを営んでいた。その裏には石がごろごろしている小さな裏庭と、枝の萎えた蔓棚があり、干潟との境には茨の囲いが設けられていた。飲み水といえば、裏庭の隅にあるモルタルの貯水槽の水だった。

どちらも改宗マンディンガ族の聖具係の老人と十四歳の孤児の少女がいて、教会と家の両方で手伝いをしていたが、ロサリオ*の祈りが終わればもう仕事はなかった。入口を閉ざす前に司祭は、コップ一杯の水とともに、残った三つのお菓子を食べ、通りに出てすわっている隣人たちにお決まりとなったカスティーリャ語の挨拶をした——

「神が皆さん全員に、善き聖なる夜を授けてくださいますように」。

朝の四時になると、教会から一街区離れたところに住む聖具係が一日一回だけのミサを知らせる最初の鐘を鳴らした。五時前になって、神父がなかなか出てこないのを見て、聖具係は寝室まで迎えにいった。寝室にはいなかった。裏庭にもその姿はなかった。近所の家をまわって捜した。早朝から近所の人たちの裏庭で話しこんでいることが時々あるからだった。しかし見つからなかった。教会に集まった少数の信者には、司祭が見つからないのでミサはないと告げた。八時になって太陽もすっかり熱くなり、手伝いの少女が貯水槽に水を汲みにいくと、そこにアキーノ神父はいた。眠る時も着たままでいる股引き姿でそこに仰向けに浮かんでいた。それは悲しく、多くの人々の心を痛めた死だったが、その謎が明らかになることはなく、修道院長はそれをもって、悪霊が自分の修道院に対して悪意を抱いている決定的な証拠であると宣言することになった。

知らせがシエルバ・マリアの房に届くことはなく、彼女は無邪気な希望をもってアキーノ神父を待ち続けた。それが誰だったのか、彼女はカエターノにうまく説明できなかったが、数珠を返してくれたうえ、助けると約束してくれたことに感謝していることは彼にも伝えた。それまではふたりとも、愛があればかならずしあわせになれると思っていた。しかし、自由になれるかどうかは彼ら自身がどうするかにすべてかかっているのだ、と気づいたのは、アキーノ神父に裏切られた気がして目が覚めたシエルバ・マリアのほうだった。ある未明、何時間も口づけを交わし続けたのち、彼女はデラウラに帰らないようにと頼みこんだ。彼はそれを軽く受け流して、もう一回だけ口づけをして帰ろうとした。彼女は寝台から飛び起き、両腕を広げて戸口に立ちはだかった。

「ここに残るか、あたしも一緒に行くか、どっちかにして」。

彼女は別の機会に、彼と一緒にサン・バシリオ・デ・パレンケに逃れたい、とカエターノに言ったことがあった。それはここから十二レグア離れた逃亡奴隷の村で、そこに行けば女王のように迎えられるに違いないのだった。カエターノもそれは恰好の思いつきだと思ったが、修道院からの逃亡とそれとを結びつけることはなかった。彼としてはむしろ、合法的な手続きの方に信頼を置いていた。つまり、憑かれていないということを異論の余地なく立証した上で侯爵が娘を請けもどし、また、彼の方は、司教の赦免と許可を得た上で世俗社会にもどる、ということだった。そこでは聖職者や修道女の結婚などありふれたことで誰も驚かないのだから。そのため、とどまるか一緒に連れていくか、という分かれ道をシエルバ・マリアに突きつけられても、彼は今一度、彼女をなだめすかしてやり過ごそうとした。シエルバ・マリアは彼の首にしがみつき、大声を出すと言っておどした。夜はすでに明けようとしていた。怯えたデラウラは隙をみて彼女を突き放し、朝課が始まる瞬間に逃げ出した。

シエルバ・マリアの反応は激しかった。ごくささいな食い違いから見張番の顔に爪を立てて掻きむしり、房に閉じこもって門をかけ、自由にしてくれなければ部屋に火をつけてそのまま焼け死ぬといっておどした。見張番も血まみれになった顔に我を失い、叫び返した――「*ベルセブーのけだものめ、やってみるがいい」。

それに対する唯一の返答として、シエルバ・マリアは聖体のランプでマットレスに火をつけた。マルティナが穏やかな態度で彼女を落ちつかせたため、悲劇は未然に防がれた。しかしながら、見張番はその日の報告において、少女はより安全な禁域棟内の房に移されるべきであるとの要望を出すことになった。

シエルバ・マリアの焦燥ぶりのせいで、カエターノも早急に逃亡以外の方法を捜さなければと焦るようになった。侯爵には二回、会いに行ったが、二度とも主のいない家の中で勝手放題、放し飼いになっているマスティフ犬たちに阻まれた。実は、侯爵はもう二度と館にもどることはなかったのだ。絶えざる恐怖に負けて、侯爵はドゥルセ・オリビアの庇護を求めたが、彼女はとりあってくれなかった。孤独に苛まれるようになって以来、あらゆる手を尽くして彼女に呼びかけたのだが、愚弄するような返事が折り紙の鳩に書かれて返ってくるだけだった。それが突然、呼ばれもしないある日、予告もなく姿をあらわした。彼女は使われていないために役に立たなくなった台所を掃き清め、使える状態にもどして、焜炉の上では陽気な炎に釜がぐつぐつと煮立っていた。彼女自身、*オーガンディのフリルのついた日曜日のおしゃれ着に身を包み、はやりの化粧品と香油でおめかししており、狂人めいたところといえば、つば広の帽子にぼろ切れでできた魚と鳥が舞っているというところだけだった。

「来てくれてありがとう」と侯爵は言った。「ほんとにひとりぼっちだったんだ」。そして嘆きをもらした。

「シエルバを失ってしまった」。

「自分のせいよ」と彼女はにべもなく言った。「彼女がいなくなるように、全部わざわざ自分でやったんだから」。

夕食は新大陸ふうの唐がらし煮こみで、三種類の肉と菜園からよりすぐった野菜が入っていた。ドゥルセ・オリビアはその装いにぴったりのふるまいを見せて、一家の主婦のような態度で料理を出した。猟犬たちは舌を出して彼女につきまとい、足の間にまとわりつき、彼女は恋人のように囁いて彼らをよろこばせた。彼女はテーブルをはさんで侯爵の正面にすわり——ふたりとも若くて愛を恐れることがなかったころなら気楽にそうできたはずだったが——、黙りこくって、互いに視線を交わすことなく、滝のような汗を流しながら、古くからの夫婦のように無関心にスープをすすった。ひと皿めが終わると、ドゥルセ・オリビアは沈黙の戦いを中止してため息をつき、自分の年を意識した。

「こういうふうになっていたはずなのね」と彼女は言った。

侯爵にも彼女の直截さが伝染した。侯爵は彼女が太って老けこみ、歯は二本少なくなって、目はしょぼしょぼとしぼんでいるのを見た。たしかに、ふたりはこういうふうになっていたはずなのかもしれなかった。父親にたてつく勇気が彼にあったならば。

「そう思うということは、おまえさんの頭も正気になったんだな」と彼は言った。

「昔からずっとそうだったのよ」と彼女は言った。「あなたこそ、あるがままの私を見ることができなかったのよ」。

「私は大勢の女たちの中からおまえさんを選んだんだぞ、全員若くてきれいで、どれが一番美人か見分けるのがむずかしかったのに」と彼は言った。

「私が自分で自分をあなたのために選んだのよ」と彼女は言った。「あなたは違うわ。昔からずっと今と同じ――哀れなろくでなし」。

「私の家に来て私を侮辱するとはなんだ」と彼は応じた。

言い争いが近いのを見てドゥルセ・オリビアは勢いづいた。「あなたの家でも、私の家みたいなものよ」と言った。「あの子が私の子であるのと同じようにね、たとえ産んだのがどこかのあばずれだとしても」。そして、返答の間をあたえずにさらに言った――

「あなたがあの子をどんなにひどい連中の手に引き渡したのか、それが一番の問題だけど」。

「神の手に引き渡したんだ」と侯爵は言った。

ドゥルセ・オリビアは憤激して叫んだ――

「司教の坊やの手によ、そいつはあの子を娼婦がわりにしてはらませてるのよ」。

「舌に気をつけろ、嚙んだら自分の毒がまわるぞ」。侯爵は愕然として叫び返した。

「サグンタは口は軽くても嘘はつかないわ」とドゥルセ・オリビアは言った。「私を馬鹿にしようとしないことよ、死んだ時に死化粧してくれるのはもう私だけしかいないんだから」。

毎度の終わり方だった。彼女の涙はスープのしずくのように皿の上に落ちはじめた。犬たちはすでに眠りこんでいたが、いさかいの激しさに目を覚まし、張りつめた顔を持ち上げて喉の奥で唸り声をあげた。侯爵は息苦しさを覚えた。

「これでわかっただろ」と腹立たしげに言った。「こういうふうになっていたはずなんだ」。

彼女は食事も終わらせずに立ち上がった。テーブルを片付け、皿と鍋を憤怒にまみれて洗いはじめ、洗いながら流し場で次々に割った。侯爵は勝手に泣かせておいた。最後に彼女は、割れた皿のかけらをなだれ落ちる大霰《おおあられ》のようにしてごみ箱に捨てた。彼女は挨拶もせずに去っていった。侯爵には、いつからドゥルセ・オリビアが別人のようになったのだったか、けっしてわからなかったし、それは誰にもわからないことだった。彼女は夜中にだけ館にあらわれる幽霊であり続けた。

カエターノ・デラウラが司教の息子であるという噂は、ふたりがサラマンカ以来の恋人であるという、以前からの噂に取って代わっていた。ドゥルセ・オリビアの言っていたのは、サグンタが実地に確認した上で歪曲して伝えた話だったが、それによれば、シエルバ・マリアはカエターノ・デラウラの悪魔的な性欲を満たすために修道院に幽閉されているのであり、すでに頭がふたつある子供を身ごもっている、というのだった。サグンタによれば、彼らの奔放な無礼講はクララ女子修道会の共同体全員に伝染してしまっているとのことだった。

侯爵はそのショックから二度と回復できなかった。記憶の沼の中を探って恐怖から逃れる先を捜したが、見つかったのは孤独のせいで輝いて見えるベルナルダの思い出だけだった。あの悪臭ふんぷんたる放屁、あのがさつな口答え、鶏のような足指の瘤など、彼女について、いやでたまらなかったことを頼りに思い出を追い払おうとしたが、彼女を貶《おとし》めようとすればするほど記憶は彼女を理想化することになった。懐かしさに耐えきれず、人にことづけてマアーテスの農園の様子を探った。おそらく彼女はそこに行ったのだろうと想像してのことだったが、まさにその通りだった。恨みつらみは忘れて家に帰ってくるように、お互い死ぬ時に少なくとも誰かが傍らにいることになるように、と伝言を送った。返事がなかったので彼は自ら出向いて迎えにいった。

記憶の支流を遡るような旅だった。かつて副王領一の農園だったものは、今やまったくの無に帰していた。生い茂った藪の中で道は見分けられなくなっていた。砂糖工場はもはやその残骸だけしか残ってなく、機械は錆びてぼろぼろで、最後の二頭の牛は圧搾機の回転棒に軛《くびき》でつながれたまま死骸になっていた。まだ命が残っているように見えるのは、瓢箪の木の木陰に残った吐息の井戸だけだった。砂糖黍の焼かれた荒れ地の合間に館が見えてくる前から、侯爵はベルナルダの石鹼の香りに気づいた。それは長年の使用によって結局彼女自身の匂いになりかわったもので、彼はどれほど自分が彼女に会いたくてうずうずしているかを意識した。正面のポーチで揺り椅子にすわって、動かぬ視線を地平線に据えてカカオを食べているのが彼女だった。ピンク色の木綿のスカートをはいて、髪は吐息の井戸でついさっき水浴びしたせいでまだ濡れていた。

侯爵はポーチに上がる三段の階段をのぼる前に挨拶した――「いい日和で」。ベルナルダは、まるでそれが人間の口から出たものではないかのように、相手に目をやることなく同じ挨拶を返した。侯爵はポーチに上がり、そこから荒れた茂みの上に目を走らせて途切れることのない地平線を見渡した。目の届くかぎり、野生の森以外に何もなく、井戸のまわりの瓢箪の木だけが目についた。「連中はいったいどうしたんだ？」と彼はたずねた。ベルナルダは父親そっくりに、今度も相手に目を向けずに答えた。「みんないなくなったのよ」と彼女は言った。「周囲百レグア、生きた人間ひとりいないのよ」。

彼は椅子を捜して家の中に入った。館はすっかり荒れて、紫色の小さな花をつけた灌木が床の煉瓦の間から生えていた。食堂には昔からのテーブルがあり、椅子まで白蟻に食われており、時計はいつの日のとも知れぬある時刻を差したまま止まっていて、すべてが息をするとむせるような目に見えぬ塵を含んだ空気に包まれていた。侯爵は椅子のひとつを運び出し、ベルナルダの隣にすわって、ごく低い声で言った――

「きみを迎えに来たんだ」。

ベルナルダは何の変化も見せなかったが、かすかに見てとれる程度にうなずいた。彼は自分の置かれた状況を話して聞かせた――ひとりぼっちの家、刃物を抜いて茂みの陰に隠れている奴隷たち、果てしなく続く夜。

「あれじゃ生きているとは言えない」と彼は言った。

「生きていたことなんてないじゃないの」と彼女は言った。

「もしかしたら、これからはできるかもしれない」と彼は言った。

「あたしがどれほどあなたを憎んでいるか、ほんとうにわかっていたら、そんなことは言えないはずよ」と彼女は言った。

「私もずっときみのことを憎んでいるものと思ってきた」と彼は言った。「が、今になって、ほんとうにそうなのかどうか、自分でもよくわからなくなった」。

すると、ベルナルダは腹を割って話しだし、その腹の中に何があるのか日の光に照らして彼に見せた。彼女は、父親がどのようにして燻製鰊や酢漬け野菜を口実にして彼女を遣わしたのだったか、手相を読むという古いトリックで親子していかに彼を騙したのだったか、彼がとぼけて手を出さないとなると、どのようにふたりで相談して彼女の方から襲うことにしたのだったか、そして、彼を一生つかまえておくために、シエルバ・マリアを身ごもるという冷酷にして確実な策をいかに計画したのだったか、じっくりと話して聞かせた。彼が彼女に対して唯一感謝すべきなのは、父親とともに決めた最後の一策を実行する勇気が彼女になかったことなのだった。その一策とはつまり、夫を我慢して暮らす必要がなくなるようスープの中に阿片チンキ*をたっぷり注ぐということだった。

「自分で自分の首を絞めたようなものね」と彼女は言った。「でも、後悔はしていない。ただ、そんな全部のその上さらに、あの哀れな未熟児を愛せって言われても、それは期待しすぎってものよ、あたしの不幸の原因となったあなたを愛せ、というのも同じこと」。

いずれにせよ、彼女の失墜の最後の一撃となったのはフダス・イスカリオテを失ったことだった。彼にかわるものを他の男たちの中に求めるうちに、彼女は砂糖農園の奴隷たちと止《とど》まるところを知らぬ乱交へと身をまかせた。それは最初の一回をやってみるまでは吐き気をもよおしそうでたまらなかったことだった。彼女は奴隷の中から相手をグループで選んで、バナナ畑の畦道に一列に並ばせて相手にしたものだったが、そのうち蜂蜜酒とカカオ粒のせいで彼女の魅惑にもひびが入り、体はむくんで醜くなり、これだけの体が相手となると、どんなにやる気のある男でも気持ちの方が追いつかなくなった。そうして、それからは金を払うようになったのだった。最初は年下の男たちを、美貌と逸物次第で金ぴか物を餌にして釣り、最後にはとにかく黄金を積んで釣れるものなら何でも釣った。彼女の果てしなき欲望から逃れるために奴隷たちが集団でサン・バシリオ・デ・パレンケに逃亡していることに気づいたのはずっと後になってからだった。

「その時になって、あたしには連中のこと、鉈《なた》でぶっ殺してやるぐらい平気でできたのにってわかった」と彼女は涙のしずくも見せずに言った。「奴隷だけじゃなくて、あなたやあの子、それに安物買いのうちの親父、あたしの人生にうんこをかけてきた奴らみんな、平気でぶっ殺せる自分がいた。でももう、その時には、人を殺してどうなる自分でもなくなっていた」。

ふたりは黙って、荒れ地の上に広がる夕日を眺めた。遠く、地平線の方で動物の群れがひしめき合うのが聞こえ、ついで、悲嘆に暮れた女の声が、動物たちを一頭ずつ、それぞれの名前で呼ぶのが聞こえているうちに夜になった。侯爵はため息をもらした――

「きみに礼を言う必要がないことはこれでわかった」。

彼はゆっくりと立ち上がり、椅子をもとの場所にもどし、別れも告げず、命の火も消えたように、来た方向へと去っていった。ふた夏ののち、どこに続くともわからぬ森の小道で見つかった彼は、禿鷲に食い荒らされて骨格だけになっていた。

マルティナ・ラボルデはその日、遅れていた作業を終わらせようと午前中の時間を全部刺繍にあてた。それからシエルバ・マリアの房で昼食をとり、昼寝をしに自分の房にもどった。午後になって、最後の仕上げにかかりながら、まれに見る悲しげな様子でシエルバ・マリアに話しかけた。

「いつの日か、あなたがここから出ることがあっても、先に私が出ることになっても、ずっと私のこと覚えていてよ」と彼女は言った。「それだけが私の勲章になるから」。

シエルバ・マリアは何のことなのか、翌日、わめきたてる見張番に起こされるまでわからなかった。朝になってみるとマルティナが房の中にいなかったのだ。修道院の奥の奥まで調べたが彼女の痕跡はどこにもなかった。彼女が残していった唯一の知らせをシエルバ・マリアは枕の下に見つけた。一枚の紙切れに彼女の華麗な筆跡で書かれた一文だった――毎日三回、あなたたちがしあわせになれるよう祈ります、とあった。

驚きがさめやらぬうちに、修道院長が副院長と警備部の修道女たちを連れて、それに*マスケット銃で武装した警察隊まで率いて入ってきた。彼女は憤怒のこもった手を伸ばしてシエルバ・マリアをつかみ、叫んだ――

「あんたも共犯ね、厳罰を下します」。

少女が自由な方の手を振り上げると、その決意のこもったさまに修道院長はその場で凍《い》てついた。

「みんなが出ていくのを見たわ」と彼女は言った。

修道院長はあっけに取られた。

「ひとりじゃなかったというの?」。

「六人だった」とシエルバ・マリアは言った。

そんなはずがあるとは思えなかった。テラスから逃げたというのはなおさら非現実的だった。テラスからだと厳重に守られている裏庭にしか出られないからだ。「みんなコウモリみたいな翼をつけてた」とシエルバ・マリアは腕を翼のように動かして言った。「テラスに出てから翼を広げて、そのまま翼に乗って、飛んで飛んで海の反対側まで行ったのよ」。警察隊の隊長は茫然となって十字を切り、ひざまずいた。

「おお純潔なるマリア様」と彼は言った。

「原罪なくして懐胎されたマリア様」と皆の者は声を合わせた。

それは完璧な脱出だった。カエターノが修道院の中で夜を過ごしていることに気づいて以来、まったくの秘密のうちにマルティナが細部の細部まで計画していたものだった。たったひとつ忘れたのは、あるいは気にも止めなかったのは、逃亡の道筋を悟られないようにするには下水道の入口を中側から閉めるべきだったという点だった。捜査のうちにそれが開いているのが見つかり、中を調べると真実が明らかになった。そのため、下水路は即座に両側から日乾し煉瓦で封じられることになった。シエルバ・マリアは禁域棟の錠前のついた房に無理やり移された。その晩、荘厳に輝く月明かりのもと、カエターノは封じられたトンネルの入口を突き崩そうとして拳を砕くことになった。


錯乱した力に押されて彼は侯爵のところに駆けつけた。門扉を叩きもせずに押し開け、無人の邸内に入った。月明かりのせいで石灰の壁は透明になったみたいで、家の中にも表と同じ光があった。打ち捨てられた家なのに掃除は行きとどいており、家具の置き方も植木の花も、すべてが完璧だった。蝶番の軋みにマスティフ犬たちは大騒ぎしたが、ドゥルセ・オリビアが軍隊式の命令を発して即座に黙らせた。カエターノは中庭の緑の影の中に、美しく蛍光を発する彼女の姿を認めた。侯爵夫人のローブを着て、激しく香りたつ椿の生花をつけていた。彼は人差し指と親指で十字架を持って掲げた。

「神の名において聞く——何者だ?」と彼はたずねた。

「苦悶する魂です」と彼女は答えた。「あなたは?」。

「カエターノ・デラウラです」と彼は言った。「侯爵閣下のお耳を拝借したく、ひざまずいてお頼みするために来た者です」。

ドゥルセ・オリビアの瞳は怒りにきらめいた。

「侯爵閣下にはごろつきに貸す耳はありません」と彼女は言った。

「それほど自信たっぷりにおっしゃるあなたはどなたです？」。

「この家の女王です」と彼女は言った。

「神にかけてのお願いです」とデラウラは言った。「お嬢さんのことでお話ししたくて来たことを侯爵に伝えてください」。そして、それ以上遠回りせず胸に手を置いて、言った――

「死ぬほど彼女のことを愛しています」。

「それ以上ひと言でも言ったら犬を放つわよ」とドゥルセ・オリビアは腹立たしげに言い、戸口を指差した――「出ていきなさい」。

その威厳の力ははなはだしく、カエターノは彼女を視界から失わないよう、そのまま後ずさりして館から出た。

火曜日、病院の居室に彼を訪ねたアブレヌンシオは、デラウラが死にいたる不眠によってぼろぼろになっているのを見つけた。デラウラは、処罰されるにいたった本当の理由から、房の中での愛の夜にいたるまで、すべてを語った。アブレヌンシオはすっかり当惑した。

「あなたなら何でもできると思っていたが、そこまで錯乱の極みにいたるとは想像もしなかった」。

カエターノは逆に驚いてたずねた――

「こんなふうになったことはないんですか？」。

「一度もないよ、私は」とアブレヌンシオは言った。「性というのはひとつの才能で、私にはその才能はないんだ」。

彼はカエターノを思い止まらせようとした。愛というのは自然の理《ことわり》に反した感情であって、見知らぬふたりの人間を、さもしい不健康な相互依存の中に閉じこめるものであり、強烈であればあるほどはかない関係に陥らせるのだ、と説いた。しかし、カエターノには聞く耳がなかった。彼はキリスト教世界の抑圧から可能な限り遠く離れたところに逃げるという考えに凝り固まっていた。

「法の前で私たちの助けになりうるのは侯爵だけなんです」と彼は言った。「ひざまずいて心からお願いしたかったのに、家に行っても会えませんでした」。

「もう二度と会えないだろう」とアブレヌンシオは言った。「侯爵の耳に入った噂では、あなたが娘を手込めにしようとした、という。話を聞いてみれば、キリスト教徒の観点からして、侯爵の態度には十分な根拠がある」。そして彼の目を見つめた。

「永罰に処されるのを恐れないのか？」。

「もうすでに処されているも同然です。が、聖霊が私を罰することはないと思っています」とデラウラは怯えることなく言った。「昔からずっと信じてきました、聖霊は信仰よりも愛の方を重んじるのだと」。

アブレヌンシオは、ついに理性の支配から逃れたこの男に対する感嘆の気持ちを隠せなかった。しかし、口先だけの慰めをかけることはなかった。異端審問所にかかわる問題であればなおさら軽いことは口にできなかった。

「あなたがたの宗教は死の宗教だ。信仰が、死と向かいあう勇気と至福とを吹きこんでくれることになっている」と彼は言った。「私は違う——私は生きていることが唯一根本的なことなのだと信じている」。

カエターノは修道院に駆けつけた。日中のさなかに勝手口から中に入り、祈りの力によって自分の姿が見えなくなっていると確信して、何の警戒もせずに中庭を横切った。三階まで上がり、修道院のふたつの棟を結ぶごく天井の低い寂しい通路を渡り、生きたままにしてこの世から葬り去られた女たちの、静謐にして希薄な世界へと踏みこんだ。シエルバ・マリアが彼を思って泣いている新しい房の前を知らずに通りすぎた。牢獄棟にいたる直前で、背後からの叫び声に止められた——

「止まりなさい!」。

振り返ると、ヴェールで顔を覆った修道女がいて、十字架像を彼に向けて掲げていた。一歩前に踏み出したが、修道女はキリストの権威によってその足を止めた。「下がるがよい!」と彼女は叫んだ。

背中の後ろでもう一度聞こえた——「下がるがよい!」。それからさらに何度も何度も——「下がるがよい!」。彼の体はその場でぐるぐると回り、彼は自分が、顔を覆った夢幻的な修道女たちに囲まれていることに気づいた。それが十字架像を掲げて叫びながら詰めよってきた——

「下がるがよい! サタンよ!」。

カエターノは力尽きた。異端審問所に引き渡され、公開裁判で異端の疑いをかけられて有罪とされた。それは民衆の間で騒動の種となり、教会内でも論議を呼んだ裁判だった。彼は特例的な赦免によってアモール・デ・ディオス病院の看護人として刑に服した。彼はそこで長い年月を患者たちとともに暮らし、彼らとともに床の上で食べ、眠り、彼らの洗い桶で使用済みの水まで使って体を洗うという生活をしたが、癩病にかかりたいという自ら口にしていた願いが叶うことはなかった。

シエルバ・マリアはむなしく彼を待った。三日たつと反抗心が爆発して食べるのをやめ、悪霊憑きの徴候はひどくなった。司教は、カエターノの失墜によって、また、アキーノ神父の謎の死によって、そして彼の知恵と権力をもってしても防げなかった厄災に対する民衆の反発によって心をかき乱されながらも、その健康状態と年齢からはとても想像できないほどの精力をもって悪魔祓いをふたたび自ら受け持った。シエルバ・マリアは今度は剃刀で頭を剃られ、拘束着を着せられたまま、悪魔のような獰猛《どうもう》さで彼に立ち向かい、地獄の鳥の言語というか咆哮をもってしゃべりたてた。二日目にはいきり立った牛のもの凄い鳴き声が聞こえ、大地が揺れ、シエルバ・マリアが冥府のすべての悪霊の手の中にあることをもはや疑うわけにはいかなくなった。房にもどされると、聖水の浣腸を施された。これは内臓のうちに留まっているかもしれない悪霊を追い出すためのフランス式のやり方だった。

悪霊退治はさらに三日間続いた。一週間食事をしていないにもかかわらず、シエルバ・マリアは片足を拘束から解くことができ、司教の下腹部を踵で蹴りつけて地面に倒した。その時になってやっと、体がすっかり痩せこけているために革ベルトではもう締めつけられず、だからほどけたのだとわかった。これは由々しき問題で、悪魔祓いを一時中断すべきであることを示唆しており、聖堂参事会もそう判断したが、司教は反対した。

シエルバ・マリアはカエターノ・デラウラがどうなったのか、また、なぜ彼が町の美味を籠に入れて、飽くことなき夜のためにもどって来ないのか、けっして知ることがなかった。五月二十九日、それ以上生きるだけの息吹も失って、彼女はふたたび雪の降る荒野の窓の夢を見た。もはやカエターノ・デラウラのいない、そして二度ともどってくることもない窓だった。ひざには黄金色の葡萄の房があり、そこには食べればまたすぐに実がついた。しかし、今度はひと粒ずつ実をむしるのではなく、ふた粒ずつだった。葡萄の房との競争に勝って最後の実までたどりつきたいという焦燥感のせいで彼女は息もつかずに食べていた。第六回目の悪魔祓いの準備をさせるために房に入った見張番は、彼女が寝台の上で、光り輝く目をして、生まれたばかりのような肌のまま、愛のために死んでいるのを見つけた。新しい髪の毛が、剃りあげた頭骨からあぶくのように湧き出し、伸びていくのが見られた。

注　解

一三　**サンタ・クララ**　アッシジの聖クララ（一一九四―一二五三）。アッシジの聖フランシスコの弟子。クララ女子修道会の創始者。

一四　**副王**　スペイン領アメリカにおける最高位の王室官吏。

一五　**福音側**　教会で、会衆と向き合った司祭から見て右側。**壁龕**は教会建築の内壁などに設け、彫像、柩、骨壺を安置するためのくぼみ。ニッチ。

一五　**硝石**　硝酸カリウムの通称。無色の結晶で、黒色火薬やガラスの原料となるほか、防腐剤、肥料に用いる。

一五　**シエルバ・マリア・デ・トードス・ロス・アンヘレス**　すべての天使の僕《しもべ》マリア。

一六　**ムラータ**　白人と黒人の混血女性。男性はムラート。

一六　**ゲッセマニ**　エルサレム東方、オリーブ山の麓《ふもと》にある園。キリストがユダの裏切りで捕えられた苦難の地。ゲッセマネ。

一六　**カディス**　スペイン南部、アンダルシア地方最南部の州。州都カディスは大西洋に臨む港湾都市。

一七　**クアルタ**　一クアルタは、一バラの四分の一《クアルタ》。約二一センチメートル。

一七　**アビシニア**　エチオピアの旧称。アラビア語で混血を意味する。

一七　**総督**　副王領を構成する行政区の一つ、総督領を管轄する官吏。

一七　**ガレオン船**　十五―十九世紀頃、主にスペインがアメリカ貿易に、または軍艦として使用した三―四層の大型帆船。

一七　**ポルトベーロ**　パナマ中北部、カリブ海に面した港町。

一七　**アンチモニー**　窒素族の半金属元素で、有毒。その有機化合物を熱帯性疾病などの医薬品として用いる。アンチモン。**グレーン**は薬量の単位。一グレーンは約六四・八ミリグラム。

一八 **マスティフ**　紀元前からチベットで飼われ、イギリスで改良された番犬、護身用の大形猛犬。短毛。

一八 **シバの女王**　旧約聖書で、イスラエル王ソロモンの名声を試しにエルサレムを訪ね、彼の知恵と偉大さに敬服して帰ったとされる女王。シバは、アラビア南西部にあった古代王国。

一八 **ポンド**　一ポンドは、約〇・四五四キログラム。

一九 **ダリエン**　コロンビアとパナマの国境付近に広がる地方。カリブ海南西端、ダリエン湾岸一帯を占める農業地帯。一五一〇年、スペインが植民地を建設、植民地活動の拠点として栄えた。

一九 **ベドウィン族**　アラビア半島から北アフリカの砂漠地帯に暮らすアラブ系の遊牧民。

一九 **チラバ**　フード付きローブ。**トレド帽**は縁なしの帽子の一種。

二〇 **アンブローシオ**　ミラノ司教で、ラテン教会最初の教会博士四人のうちの一人、アンブロシウス（三三四—三九七）のスペイン語名。

二一 **ヨルバ族**　ナイジェリアの主要部族の一つ。六—十世紀にアラビア半島からナイジェリア南西部に移住してきたとされ、ヨルバ語を使用。

二一 **サンテリア**　聖性、清廉潔白を意味し、ここでは奴隷たちがアフリカから携えてきた宗教儀礼のこと。

二三 **カテドラル**　司教座のある大聖堂。

二四 **アメジスト**　紫水晶。アメシスト。

二四 **ティエラ・フィルメ**　大陸の意。

二四 **アンティール諸島**　西インド諸島の主島群で、ユカタン海峡からベネズエラ沖にかけ、弧を描いて大西洋とカリブ海とを仕切る形で連なる島々。西部を大アンティール諸島、東部を小アンティール諸島と呼ぶ。ここで言う英領は、小アンティール北部、バージン諸島の東半部をなす、トルトラ島はじめ十一島のこと。

二六 **ラサロ**　イエスの奇跡によって死後四日目に生き返った男。ラザロ。また普通名詞化したラサロはハンセン病患者の異称。

二九 **スペイン式トランプ**　金《オロ》、聖杯《コパ》、剣《エスパダ》、棍棒《バスト》の四種の絵柄ごとに、1から9までの数字の札と、10がソタ（男の子の絵）、11がカバリョ（馬の絵）、12がレイ（王の絵）で13がない、計四十八枚の札を使って遊ぶカード・ゲーム。

三三　**辰砂**　水銀の硫化鉱物。朱紅色。有毒。

三三　**ホラティウス**　古代ローマの抒情詩人（前六五—前八）。

三三　**フダス・イスカリオテ**　イスカリオテのユダのスペイン語名。

三四　**レアル**　十一—十九世紀のスペイン、中南米で広く用いられた銀貨。

三四　**インチ**　一インチは一二分の一フィート、約二・五四センチメートル。

三五　**ミノタウロス**　ギリシャ神話で、クレタ島の王ミノスの后《きさき》が牡牛と交わって生んだ人身牛頭の怪物。ミノスによって迷宮に閉じこめられ、男女七人ずつの若者を餌食にしていたが、アテナイの英雄テーセウスに退治された。

四〇　**リネン**　亜麻糸で織った、薄く光沢のある布地。主に夏服に用いる。リンネル。

四三　**ケンタウロス**　ギリシャ神話で、上半身は人間、下半身が馬の怪物。

四七　**セネガル**　アフリカ大陸西端、現在のセネガル共和国。十四世紀以降、諸王国が分立。十六世紀にオランダ、イギリス、十七世紀にフランスが進出、奴隷貿易の基地としていた。

四九　**サンティアーゴ騎士団**　スペイン北西部を領有していたレオン王国の国王フェルナンド二世が十二世紀末に創設した騎士団。サンティアーゴは弟ヨハネと共に十二使徒の一人で、スペインの守護聖人とされ、軍神の性格も備える聖ヤコブのスペイン語名。

五一　**荘厳ミサ**　カトリック教会で、司祭が助祭、副助祭を伴って執り行う盛式ミサ。ミサは、最後の晩餐を記念しキリストの恩寵の実現を祈る儀式。

五三　**コルドバ革**　スペインのコルドバが原産の、馬の尻、背からとった上質のなめし革。コードバン。

五三　**セゴビア**　スペイン中央部、マドリード北西方の古都。紀元前七〇〇年頃建設。

五三　**スカルラッティ**　イタリアの作曲家、チェンバロ奏者（一六八五—一七五七）。ナポリ楽派の代表的な作曲家だったアレッサンドロ・スカルラッティ（一六六〇—一七二五）の息子。

五三　**クラビコード**　鍵《けん》を押すと金属片が弦を叩いて音を出す矩形の鍵盤楽器。音は小さく繊細で、わずかな強弱変化とヴィブラートの表現が可能。十五—十八世紀にかけて広くヨーロッパで演奏された。

五二　**テオルボ**　リュートに低音弦を付加した撥弦楽器。通奏低音用に考案され、糸倉（糸巻きを固定する箇所）が二つある。十六―十七世紀にイタリアで用いられた。

五三　**マドリガル**　牧歌。小恋歌。

五三　**モンポス**　コロンビア北部、マグダレーナ川下流左岸の町。一五三七年建設。**アヤペル**は同国北西部、アヤペル湖に面した内陸の町。

五四　**レグア**　一レグアは、約五七七二メートル。

五四　**ウラバー湾**　コロンビアとパナマの国境付近、ダリエン湾のさらに内側に位置する湾。**マングローブ**は熱帯の海辺、河口の浅い水中に発達する森林群落。ヒルギ科の喬木を主とし、枝から多数の気根を水中に延ばす。

五五　**ゴブラン織り**　壁掛け織物の一つ。色糸で人物、風景などを織り出したつづれ錦。十五世紀にベルギー人染織家ゴブランがパリで創始。

五五　**静修会**　主日（日曜日）もしくは祝日に修道院などで行われ、宗教的真理について黙想し、信仰生活を深めるための会合。

五五　**四旬節**　復活祭《イースター》四十六日前の水曜日（灰の水曜日）から四十日間。キリストの荒野における四十日間の断食を記念する期間。

五五　**バジリコ**　シソ科の一年草。香辛料や芳香剤とする。バジル。

五七　**カスティーリャ**　スペインの中央部から北部にまたがる地方。イスラム勢力に対する砦《カスティーリョ》が数多く築かれ、国土回復運動《レコンキスタ》の中心地となった。

六〇　**マグダレーナ河**　アンデス山脈から北上しカリブ海に注ぐ、コロンビア第一の河川。

六一　**マンディンガ**　アフリカ西部の種族の名。

六二　**ヌビア**　アフリカ北東部、エジプト南部からスーダン北部にかけての地域。

六二　**リマ**　ペルー中西部、太平洋岸近くに位置する同国（当時はスペインの副王領）の首都。一五三五年建設。**ハバナ**はスペイン海軍の基地として栄えたキューバの首都。一五一九年建設。**ベラクルス**はメキシコ南東部の港湾都市。一五一九年、スペイン人がメキシコに建設した最初の町。

六二　**オアハカ**　メキシコ南部の都市。

六三　**シエラ・ネバーダ**　雪に覆われた山脈、の意。アンデス山脈を指したものか。

六三　**カンナビス**　大麻。

六三　**キプロス**　地中海東部の島。当時はトルコ領。

六三　**ペヨーテ**　米国南西部およびメキシコ産の、麻酔性物質を含むサボテン。ウバタマ。

六四　**ドブロン**　一四九七年から一八六八年までスペイン、中南米で流通した金貨。

六五　**海里**　一海里は一八五二メートル(赤道における緯度一分の長さ)。

六七　**セビーリャ**　スペイン南西部、グアダルキビル川下流東岸に臨む河港都市。アンダルシア地方の中心都市。セビリア。

六八　**サラマンカ**　スペイン中西部の都市。紀元前からの歴史を持ち、一二一八年創立のスペイン最古の大学がある。

七〇　**ファサード**　建物の正面、玄関側の装飾的な前面。

七七　**アンジェラス**　大天使ガブリエルが聖母マリアに受胎を告げたことを記念して、毎日朝昼晩の三回行われるお告げの祈り。この祈りの時刻を知らせる鐘が鳴らされる。

七九　**棕櫚の日曜日**　復活祭《イースター》直前の日曜日。キリストのエルサレム入城を、民衆が棕櫚の枝をかざして祝ったことから。枝の主日。

七九　**ファアナ狂女王**　アラゴン王フェルナンド二世とカスティーリャ女王イザベル一世(二人の結婚がスペイン統一の礎となった)の娘。十六世紀前半の両国の女王を兼ねたが、夫の死後は、統治不適格者として幽閉されていた。息子はスペイン王カルロス一世(神聖ローマ皇帝カール五世)。

八〇　**クアルティーリョ**　十一―十九世紀のスペイン、中南米で広く用いられたレアル銀貨一枚の四分の一に相当する貨幣単位。

八三　**身廊**　教会堂の会衆席側(外陣)で、左右を側廊のアーケードに区切られた、細長い中央広間の部分。

八四　**三時課**　カトリックで、朝課《マイティネス》(真夜中すぎ)、讃課《ラウデス》(真夜中すぎ、朝課のあと)、一時課《プリマ》(午前六時ごろ)、三時課《テルスィア》(午前九時ごろ)、六時課《セスタ》(正午)、九時課《ノナ》(午後三時ごろ)、晩課《ビスペラス》(日没時)、終課《コンプレタス》(一日の終わり)に唱える聖務日課の祈禱の一つ。

八五　**ディアボロ**　二本の棒に結びつけて張った糸の上で、木製の糸巻き型の独楽を回したり、投げ上げて受け止めたりする遊戯。

八五　**コンゴ**　アフリカ大陸中央部、赤道地帯を流れ、大西洋に注ぐ大河、コンゴ川流域の主要な種族。コンゴ王国として栄えたが、一四八〇年代のポルトガル人侵入以後、奴隷貿易により衰退。

八五　**ブルゴス**　スペイン中北部、マドリード市北方の都市。八八四年建設。十一世紀末から四百年近くカスティーリャ王国の首都。

八七　**キャッサバ**　トウダイグサ科イモノキ属の落葉低木。サツマイモ状の塊根からタピオカデンプンを採る。

八九　**モルタル**　石灰またはセメントに砂を混ぜて水で練ったもの。漆喰《しっくい》。

九三　**貿易風**　南・北回帰線付近の高圧帯から赤道付近の低圧帯に向かって、ほぼ定常的に吹く東寄りの風。貿易航海の帆船が、この風を利用した。

九三　**渉禽**　水辺をわたり歩いて餌を求める鳥。嘴《くちばし》、首、脚が長い。鶴、鷺など。

九三　**旧キリスト教徒**　ユダヤ教徒、イスラム教徒からの改宗者を先祖に持たない、生粋のキリスト教徒。

九五　**インディアス**　スペイン統治時代の新大陸のこと。アジアのインドと区別するため、西インディアスとも呼ばれた。

一〇〇　**ガルシラーソ・デ・ラ・ベーガ**　スペインのルネサンス期を代表する叙情詩人（一五〇一？—三六）。

一〇〇　**ヌエバ・グラナダ**　スペイン統治時代の行政版図。一七一七年設置。現在のコロンビアを中心に、エクアドル、ベネズエラ、パナマ、およびペルーとブラジルの一部を含む。

一〇一　**ユカタン**　メキシコ東部、マヤ文明の栄えた半島。

一〇一　**モーロ**　アフリカ北西部のベルベル人とアラビア人の混血。八世紀にイスラム教に帰依するやイベリア半島に渡って西ゴート王国を倒し、以後十五世紀まで半島を支配した。ムーア。

一〇一　**トレド**　スペイン中部、マドリード南方の古都。西ゴートおよびカスティーリャ王国の首都。

一〇六　**スコラ哲学**　中世の教会や修道院付属の学校《スコラ》で研究された哲学。キリスト教の教義を理性的に弁証し、精密な概念区別のための形式的な論法を発達させた。

一〇六　**アウグスティヌス**　北アフリカ出身の、古代キリスト教最大の教父（三五四—四三〇）。異端との論争を通じてキリスト教の神学的基礎を築いた。

一一三　**ガーデニア**　くちなし。

一一四　**キャプスタン**　縦軸の巻き揚げ機。錨《いかり》やもやい綱を巻き込む。

二四 **タマリンド**　マメ科の常緑高木。熱帯原産。多肉で甘酸味のある莢《さや》状の豆果は食用、薬用、清涼飲料に用いられる。

二五 **イエズス会**　スペインのイグナティウス・デ・ロヨラが宗教改革に対抗すべく一五三四年に創立した、厳格を旨とする男子修道会。

三一 **サンタ・フェ**　サンタ・フェ・デ・ボゴタ。副王領以来のコロンビアの首都。一五三八年建設。

三二 **ハイアライ**　スペインの代表的室内球戯。三方の壁を使って小さな硬球を相手に打ち返し、得点を競う。

三三 **アストゥリアス**　スペイン北部の地方。山がちの地形でイスラム教徒の支配を受けず、国土奪回《レコンキスタ》の拠点となった。

三三 **グァヴァ**　熱帯アメリカ原産のフトモモ科の小高木。果実は球形か西洋梨形。和名バンジロウ。

三五 **サン・ハシント**　コロンビア北部の町。一七七七年建設。

三七 **アビラ**　スペイン中央部の都市。石と聖者の町と呼ばれる。

二九 **戦争**　英国によるカルタヘーナ略奪のこと。

三〇 **ライプニッツ**　ドイツの哲学者（一六四六―一七一六）。単子《モナド》の予定調和を唱えた。

三一 **酒石**　ワイン醸造の際、発酵槽の底に生ずる褐色の結晶性沈殿物。

三六 **ピレネー山脈**　フランスとスペインの国境をなす褶曲《しゅうきょく》山脈。東西四三四キロメートル。

四〇 **レギオン**　福音書で、多数の汚れた霊に憑かれていた男が、イエスに名を尋ねられて答えた名。本来、古代ローマ軍の組織区分で、歩兵を主体に騎兵を付属する五千名前後の軍団のこと。転じて、群れ、無数。

四四 **ペトラルカ**　イタリアのルネサンス期の詩人、人文主義者（一三〇四―七四）。古典収集に努め、当時最高の個人蔵書を実現した。

四四 **『ヘルンディオ修道士』**　ヘルンディオはラテン語のゲルンディウムに由来する名で、動詞的中性名詞（現在分詞）の意。

四四 **ヴォルテール**　フランスの百科全書派を代表する啓蒙思想家、小説家（一六九四―一七七八)。カトリック聖職者を手厳しく批判した。

四四 **コインブラ**　ポルトガル中西部の古都。十二―

十三世紀には同国の首都。十二世紀の大聖堂、十六世紀にリスボンから移ったヨーロッパ最古の大学がある。

一四六 **『アマディス・デ・ガウラ』** 十六世紀前半のスペインで隆盛だった騎士道物語の頂点とされる作品。

一五〇 **メドゥーサ** 頭髪が蛇で、それを見た者はみな石に化したと言われるギリシャ神話中の怪物、ゴルゴン三姉妹の末妹。ペルセウスに退治された。

一五一 **六脚律** 古代ギリシャ、ローマの叙事詩に於ける韻律《リズム》に基づく形式。母音の長短短もしくは長長の基本単位を、一行に六回使用する。六歩格。

一六〇 **オドゥア** ヨルバ宗教の主神のひとり。

一六二 **ルシフェル** 神に反逆したために地獄に堕《お》とされた天使の頭領。サタンと同一視される。

一六四 **聖職禄** 聖職者の生活維持のため、教会法に基づき聖務に付随する教会財産もしくは収入。

一六八 **トマス・デ・アキーノ** トマス・アクィナス（イタリアの神学者、ドミニコ会士、スコラ哲学の大成者。一二二五—七四）のスペイン語名。

一六八 **アンダルシア** スペイン南部の地方。八世紀から十五世紀末までイスラム教徒の支配下にあり、その影響は今なお色濃く残る。

一六九 **アニス** セリ科の一年草。地中海地方原産。種子を蒸留して作る芳香のある油を薬用、香味料に用いる。

一七〇 **ジュート** シナノキ科の多年草。インド原産。茎の皮から採る繊維で包装用などの粗布を織る。綱麻《つなそ》。黄麻《こうま》。

一七一 **ロサリオの祈り** 大珠六、小珠五三を数珠風につないだ道具ロサリオの鎖を繰りながら、主の祈り、天使祝詞、栄誦を唱え、キリストと聖母マリアの生涯を黙想するための祈り。ロサリオは（聖母に捧げる）薔薇冠の意。

一七三 **ベルセブー** 福音書で、悪霊の頭《かしら》。サタンと同一視される。原義は、蠅の王。ベルゼブル。

一七三 **オーガンディ** 薄手の張りのある綿布。

一七九 **チンキ** ある薬品のアルコール溶液。

一八一 **マスケット銃** 十六世紀に発明された、大口径の歩兵銃。

ガブリエル・ガルシア＝マルケス年譜

鼓　宗　編

一四九九年
スペイン人アロンソ・デ・オヘーダが、現在のコロンビアに当たる地域に足跡を印す。
一五三三年
ガルシラーソ・デ・ラ・ベーガ（スペインの叙情詩人）『牧歌』（—三六）。
一五三八年
スペイン人ゴンサロ・ヒメネス・デ・ケサダによるサンタ・フェ・デ・ボゴタ市の創設。
一五五四年
作者不詳『ラサリーリョ・デ・トルメスの生涯』（スペインの悪漢《ピカレスク》小説）。
一五七五年
タッソー『解放されたイェルサレム』。
一六六七年
ミルトン『失楽園』。

一七二二年
デフォー『疫病日記』。
一七三九年
一七一七年に設けられ一度廃止されていたヌエバ・グラナダ副王領（現在のエクアドル、コロンビア、パナマ、ベネズエラに相当）が復活。一八一〇年の追放まで、副王がボゴタに置かれる。
一七九九年
ドイツ人地理学者フンボルトの五年間にわたるアメリカ探検。ベネズエラから出発し、オリノコ、アマゾン、マグダレナといった河川の流域、アンデス地域やキューバなどをめぐる。
一八〇一年
シラー『オルレアンの少女』。
一八〇四年
ハイチがフランスから独立。
一八〇六年
カラカス出身の軍人、フランシスコ・デ・ミランダ率いる南アメリカ植民地で最初の独立運動が起きるも、失敗に終わる。
一八〇八年
スペイン独立戦争。ナポレオンの軍隊がイベリア半島に侵攻。カルロス四世が退位。
一八一〇年
七月二十日、ボゴタがスペインより独立を宣言。

五月二十五日、アルゼンチンで独立運動勃発。
九月十六日、司祭イダルゴの〈ドロレスの叫び〉とともに、メキシコ独立運動が始まる。
一八一一年
七月五日、カラカスが独立を宣言。
一八一二年
三月、ブエノスアイレスの独立軍にサン・マルティンが合流。
一八一五年
ブラジル、王国に昇格。
一八一六年
フェルナンデス゠デ゠リサルディ（メキシコの作家）『疥癬病みのオウム』（ラテンアメリカで書かれた最初の小説）。
一八一九年
シモン・ボリーバルの植民地解放軍、ボヤカ戦役でスペインに勝利。現在のベネズエラ、エクアドル、パナマを含むグラン・コロンビア共和国が成立。
一八二一年
グラン・コロンビア共和国憲法制定。ボリーバルが初代大統領に就任。
八月二十四日、スペインから独立。メキシコ、グアテマラやコスタリカなどの国がこれに続く。
コルドバ条約締結の立役者、イトゥルビデがメキシコ皇帝を名乗る。

一八二二年
グラン・コロンビア共和国の代表マヌエル・トーレスがモンローと会談。アメリカ合衆国、共和国の独立を承認。
一八二三年
モンロー宣言。アメリカ大陸とヨーロッパ大陸の相互不干渉を謳う。
中央アメリカ連邦結成。
ベリョ（ベネズエラの詩人・作家・法律家）『熱帯地方の農業詩』。
一八二四年
スクレ率いるボリーバル軍、アヤクチョの戦いでスペイン軍に勝利。ペルーを解放。
一八二五年
スクレ率いるボリーバル軍がアルト・ペルーを解放。ボリビア共和国が独立。
一八二六年
汎アメリカ的な結束を求めて、ボリーバル、パナマ会議を開催。
一八二七年
グラン・コロンビア副大統領フランシスコ・デ・パウラ・サンタンデル、ボリーバルとの確執により辞任。
一八二八年
サンタンデル、ボリーバル暗殺を企図したとして国外追放。
一八三〇年

ベネズエラとエクアドルがグラン・コロンビア共和国から分離、コロンビアとパナマからなるヌエバ・グラナダ共和国の誕生。六月、スクレ暗殺。十二月、ボリーバル、サンタ・マルタで死去。

一八三二年

サンタンデルがヌエバ・グラナダ共和国初代大統領に就任（―三七）。

一八三九年

中央アメリカ連邦解体。グアテマラ、エルサルバドル、コスタリカ、ニカラグア、ホンジュラスの五共和国が誕生。

一八四四年

ソリーリャ（スペインの劇作家）『ドン・ファアン・テノーリオ』。

一八四五年

サルミエント（アルゼンチンの作家・政治家）『ファクンド、即ち文明と野蛮』。

一八四六年

米墨戦争勃発。

一八四八年

米墨戦争に敗北したメキシコが国土の半分をアメリカ合衆国に割譲。

一八五一年

メルヴィル『白鯨』。

一八五二年

ヌエバ・グラナダ共和国、奴隷制を廃止。

一八五三年
ヌエバ・グラナダ共和国の自由党政権、市民権・政教分離・陪審制・出版の自由を憲法に定める。
一八五四年
メキシコにおいて、レフォルマと呼ばれる社会改革の時代が始まる（―六七）。
一八五六年
フロベール『ボヴァリー夫人』。
一八五八年
ヌエバ・グラナダ共和国、グラナダ連邦共和国に国名変更。
一八六一年
グラナダ連邦共和国内で自由党と保守党の対立が激化、内戦勃発。自由党が勝利する。
アメリカ先住民の血を引くベニート・ファアレスが、メキシコ大統領に就任。
一八六三年
コロンビア合州国の誕生。自由党、新憲法を制定。
六月、ナポレオン三世のフランス軍がメキシコシティを占拠。
一八六四年
メキシコでマキシミリアン帝政が始まる（―六七）。
一八六七年
イサアクス（コロンビアの作家）『マリア』（ロマン主義の小説）。

一八六九年
スエズ運河開通。
フロベール『感情教育』。
一八七二年
パルマ（ペルーの作家）『ペルー伝説集』（—一九一〇）。
一八七三年
ペレス゠ガルドス（スペインの作家）『国民挿話』（—一九一二）。
一八七六年
メキシコで、ポルフィリオ・ディアスによるクーデタが発生。翌年、ディアスが大統領に就任。
一九一一年まで三十五年間に及ぶ独裁が続く。
一八八〇年
コロンビア合州国で、保守党が政権掌握。
一八八二年
グティエレス゠ナヘーラ（メキシコの詩人）『はかない物語』。
一八八五年
コロンビア合州国で、自由党の反乱が起きるが、鎮圧される。
一八八六年
コロンビア合州国、連邦制を廃止。新憲法を制定して、現在のコロンビア共和国に。カトリッ
クが国教に定められる。

キューバの奴隷制廃止。
一八八八年
ダリーオ（ニカラグアの詩人）『青』。
一八九一年
ブラジルが新憲法を発布、連邦共和国に。
一八九二年
マルティ（キューバの詩人）『素朴な詩』。
一八九四年
ホセ・マルティ、キューバ革命党を結党。
一八九八年
フランスでドレフュス事件。
一八九八年
四月、米西戦争勃発。
一八九九年
コロンビア共和国で、〈千日戦争〉と呼ばれる内戦勃発。戦死者は推計六万人から十三万人。自由党軍は農民上がりの兵士が多数を占め、ニカラグアなどから武器が供与されたものの、装備は保守党側に著しく劣った。
ユナイテッド・フルーツ・カンパニー設立。
一九〇〇年
自由党軍のパナマ市侵攻。パナマ鉄道の利権確保のため、アメリカ合衆国がトーマス・ペリー司令官率いる海兵隊を派遣。

一九〇一年

自由党側の敗北を受けて、ペリーの仲介による最初の休戦協定。

ヘイ・ポンスフォート条約において、イギリスがアメリカ合衆国のパナマでの覇権を承認。

一九〇二年

五月、キューバ独立。アメリカ合衆国はプラット修正条項により、キューバに隷属を強要。

十月二十八日、ウリベ将軍率いる自由党側の軍隊が敗北。十一月十九日、米戦艦ウィスコンシン艦上でネルランディア条約が結ばれる。コロンビア内戦に保守党が勝利。

コンラッド『青春』『台風』。

一九〇三年

一月、フランスの権利譲渡と一千万ドルの一時金、年間二十五万ドルの使用料の支払い（九年後から）によりアメリカ合衆国のパナマでの権利を認める、ヘイ・エラン条約が結ばれる。コロンビア共和国議会はこの条約の批准を拒否。十一月、米大統領テオドア・ルーズベルトが干渉し、パナマ運河の使用権を巡る反乱が発生。アメリカ合衆国が軍事介入。十一月三日、コロンビア共和国からのパナマの分離独立が宣言される。アメリカ合衆国はパナマ新政府とヘイ＝ビュノオ・ヴァリリャ条約を結び、運河地域に関する永久的な利権を確保。

一九〇四年

パナマ運河建設開始。

スペインの劇作家ホセ・エチェガライ、ノーベル文学賞を受賞。

一九〇五年
ワイルド『獄中記』。
一九〇七年
ベナベンテ（スペインの劇作家）『作られた利害』。
一九〇八年
ファン・ビセンテ・ゴメス将軍がベネズエラ大統領に就任。以後、二十七年間の独裁を行う。
アナトール・フランス『ペンギンの島』。
一九〇九年
パナマと別の運河構想を提唱していたニカラグア大統領、ホセ・サントス・セラーヤ、アメリカ合衆国の干渉により失脚。
一九一〇年
十一月二十日、メキシコでマデーロが武装蜂起。メキシコ革命が始まる。
一九一一年
辛亥革命。
一九一三年
ウナムーノ（スペインの思想家）『生の悲劇的感情』。
プルースト『失われた時を求めて』（―二七）、アポリネール『アルコール』。
一九一四年
第一次世界大戦（―一八）。パナマ運河開通。

ヒメネス（スペインの詩人）『プラテーロとわたし』。

ジョイス『ダブリン市民』。

一九一六年
アスエラ（メキシコの作家）『虐げられた人々』。

カフカ『変身』。

一九一七年
ロシア革命勃発。

メキシコ、新憲法の公布。

キローガ（ウルグアイの作家）『愛と狂気と死の物語』。

一九二一年
コロンビア共和国、トムソン・ウルティア条約に調印。アメリカと和解。

魯迅『阿Q正伝』。

一九二二年
バリェーホ（ペルーの詩人）『トリルセ』。ベナベンテ、ノーベル文学賞受賞。

ジョイス『ユリシーズ』、T・S・エリオット『荒地』。

一九二四年
リベーラ（コロンビアの作家）『大渦』、ネルーダ（チリの詩人）『二十の愛の詩と一つの絶望の歌』。

ブルトン『シュルレアリスム宣言』、マン『魔の山』。

一九二五年
ドイツの美術批評家、フランツ・ローによる『最近のヨーロッパ絵画における諸問題――魔術的リアリズム』の出版。カフカ『審判』、ヴァージニア・ウルフ『ダロウェイ夫人』、フィッツジェラルド『偉大なギャツビー』。
一九二六年
グイラルデス（アルゼンチンの作家）『ドン・セグンド・ソンブラ』。
カフカ『城』、フォークナー『兵士の報酬』。

一九二七年（〇歳）
三月六日、ガブリエル・ホセ・ガルシア＝マルケス誕生。生地は、コロンビアのカリブ海側に位置するマグダレナ地方、サンタ・マリア州の町アラカタカ。一九二八年を生年とする説もあるが、父親の証言では、一年早く、作家自身もそれを肯定している。十一人兄弟の長兄で、ほかに父の私生児である兄弟四人がいる。
二十世紀初頭よりマグダレナ川流域で盛んに行われたバナナ栽培は、コロンビアにおける新植民地主義の台頭を意味した。その象徴であったユナイテッド・フルーツ社はアラカタカに郵便局や電信局を開設し、鉄道を敷設した。好景気に沸く町に職を求めて流れついた者たちの中に、ガブリエル・エリヒオ・ガルシア＝マルティネスがいた。カルタヘナで医学の道を志したが、経済的理由から学業を断念、電信技師として生計を立てていた。若者はこの新天地で、ルイサ・サンティアガ・マルケス＝イグアランとの恋に落ちた。娘は旧家の出で、父親のニコラス・リカルド・マルケス＝メヒーア大佐は内戦において自由主義派の軍人として活躍した英雄であった。ルイサの両親は、娘を男から遠ざけようと親戚の手に委《ゆだ》ねるが、ガブリエルの同僚の電信技士たちの協力もあって二人の交際は続いた。両親は根負けし、二人の結婚を認める。

若い夫婦はアラカタカから約百八十キロメートルの町、リオアチャへ引っ越す。新婦が身ごもっていたためとも言われ、その後、大西洋岸の町を転々とする。

ルイサは出産のため、実家に戻るが、乳児の世話を両親に任せてアラカタカを離れる。結局、八歳になるまでガブリエルは祖父母、すなわちニコラス・リカルド・マルケス＝メヒーア大佐と妻トランキリナ・イグアラン＝コテスのもとで養われ、一風変った性格の三人の叔母をはじめ、大勢の女性と同居することになる。

『魔術的リアリズム――最近のヨーロッパ絵画における諸問題』の書名で、フランツ・ローのスペイン語訳が出る。

カフカ『アメリカ』、ウルフ『灯台へ』、ヘミングウェイ『殺し屋』。

一九二八年（一歳）

九月八日、弟ルイス・エンリケ、アラカタカで誕生。

十二月六日、コロンビアで、ユナイテッド・フルーツ社のバナナ農園におけるストライキに軍隊が介入。死傷者が出る事態に。

ブルトン『ナジャ』、ロレンス『チャタレー夫人の恋人』、ブレヒト『三文オペラ』。

一九二九年（二歳）

九月九日、妹マルガリタ、バランキリャで誕生。

ニューヨーク株式市場で株価が大暴落、世界大恐慌。コロンビア経済も大打撃を受ける。

ロムロ・ガリェゴス（ベネズエラの作家・政治家）『ドニャ・バルバラ』。

コクトー『恐るべき子供たち』、レマルク『西部戦線異状なし』。

一九三〇年（三歳）

七月十七日、F・アンガリタ司祭の手で洗礼を受ける。

コロンビアで、三十五年間続いた保守政権を破って、自由党のE・オラーヤ・エレーラが当選。

オルテガ＝イ＝ガセー（スペインの哲学者）『大衆の反逆』。

フォークナー『死の床に横たわりて』、ドス＝パソス『U．S．A．』（―三六）。

一九三一年（四歳）
コロンビアの総選挙で自由党が政権に復帰。
満州事変。
ウイドブロ（チリの詩人）『アルタソル』『天震』。

一九三二年（五歳）

十一月六日、後にガブリエルの妻となるメルセデス・ラケル・バルチャ＝パルド、マガンゲで誕生。

コロンビアのメディジンで、画家フェルナンド・ボテーロ誕生。

フォークナー『八月の光』、コールドウェル『タバコ・ロード』。

一九三三年（六歳）
十二月十七日、妹アイダ・ロサ、バランキリャで誕生。
ヒトラー内閣成立。ルーズヴェルトのニューディール政策。

一九三四年（七歳）

八月八日、妹リヒア、アラカタカで誕生。

左派の自由主義者、A・ロペス・プマレホがコロンビア大統領に就任（―三八）。産業、農業、労働者政策など各方面で改革を推進。

アメリカ合衆国、プラット修正条項を撤回し、形式的にキューバへの干渉権を放棄。

マエストゥ（スペインの批評家）『イスパニア性の擁護』。

一九三五年（八歳）
マルケス大佐が死去。祖父の死に関してガルシア＝マルケスは、「この時より後、わたしの身には意味のあることなど何も起こっていない」とたびたび語っている。両親のもとに引き取られ、コロンビア北部の大きな街バランキリャに移る。シモン・ボリーバル・サン・ホセ小学校に通う。

九月二十七日、弟グスタボ、アラカタカで誕生。

一九三六年（九歳）

家族とともに内陸の町スクレへ引っ越す。父は薬局を開業。

コロンビア共和国で、自由党政府が政教分離や労働者のストライキ権を認める新憲法を制定。

七月、スペイン内戦が勃発。

セルヌダ（スペインの詩人）『現実と願望』（―六四）。

フォークナー『アブサロム、アブサロム！』

一九三七年（十歳）
カルタヘナ、ついでバランキリャで小学校に通う。
メキシコ政府、鉄道を国有化、翌年には石油も。

一九三八年（十一歳）
七月十日、妹リタ・デル・カルメン、バランキリャで誕生。
サルトル『嘔吐』、オーウェル『カタロニア賛歌』。

一九三九年（十二歳）

四月、スペイン内戦終結。フランコ独裁政権の成立。ドイツ軍がポーランドに侵攻。第二次世界大戦が勃発。

スタインベック『怒りの葡萄』、ヘンリー・ミラー『南回帰線』。

一九四〇年（十三歳）

イエズス会のサン・ホセ中学校で学ぶ。学校の機関紙「青春」に八行四音節の詩行コプラや、韻文を発表。五月二十二日、弟ハイメが誕生。

ビオイ＝カサレス（アルゼンチンの作家）『モレルの発明』。

グレアム・グリーン『権力と栄光』。フィッツジェラルド没。

一九四一年（十四歳）

日本の大戦参戦。コロンビア共和国、日独伊と国交断絶。

ウルフ『幕間』。オーソンウェルズ監督・主演の映画『市民ケーン』。ジョイス没。

一九四二年（十五歳）

単身バランキリャに戻り、学校に通う。

コロンビア共和国がフランス、ビシー政権と断交。

カミュ『異邦人』、アマード（ブラジルの作家）『果てなき大地』。

一九四三年（十六歳）

奨学金を得て、首都ボゴタ近郊のシパキラ国立寄宿学校に入学。大西洋沿岸からマグダレナ川を遡り、次いでオンダからボゴタまで鉄道の旅。コロンビアの国土を見聞する貴重な体験を得る。

三月二十六日、弟エルナンド、スクレで誕生。

コロンビア共和国、ドイツに宣戦布告。

ニューヨーク近代美術館で、アルフレッド・H・バー・ジュニアがオーガナイズした「アメリカのリアリストとマジックリアリスト展」が開催される。サロイヤン『人間喜劇』。

一九四四年（十七歳）
コロンビア共和国、労働法の制定。
ボルヘス（アルゼンチンの作家）『伝奇集』。
トルーマン・カポーティが『ミリアム』を発表。後年、ガルシア＝マルケスは「エル・エラルド」紙にこの短編小説の書評を寄せた際、「非現実のリアリズム」あるいは「あまりに人間的な非現実」という言葉を用いている。T・ウィリアムズ『ガラスの動物園』。

一九四五年（十八歳）
寄宿学校在学中に「文学」誌を創刊。
第二次世界大戦終結。
チリの閨秀詩人ガブリエラ・ミストラル、ノーベル文学賞受賞。

モラヴィア『めざめ』、オーウェル『動物農場』。トルストイ没。

一九四六年（十九歳）

二月二十五日、弟アルフレド・リカルド、スクレで誕生。十二月、中等教育課程を修了。

コロンビア共和国で、保守党が自由党より政権奪回。〈ビオレンシア〉の時代が到来。両党の対立に暴力《ビオレンシア》がたびたび介在するようになる。

アストゥリアス（グアテマラの作家）『大統領閣下』。

一九四七年（二十歳）

ボゴタ国立大学の法・政治学部に入学。プリニオ・アプレヨ＝メンドサおよびカミーロ・トーレスと知り合う。九月十三日、最初の短編「三度目の諦め」（『青い犬の目』所収）が「エル・エスペクタドル」紙の文学特集号に掲載される。九月十四日、末弟エリヒオ・ガブリエル、スクレで誕生。十月二十五日、短編「エバは猫の中」（『青い犬の目』所収）を「エル・エスペクタドル」紙文学特集号に発表。

ホルヘ・エリエセル・ガイタン、自由党の党首に就任。エリート層の支配に異議を唱え、民衆の支持を得る。

ヤニェス（メキシコの作家）『嵐がやってくる』。

ウィリアムズ『欲望という名の電車』、カミュ『ペスト』、マン『ファウスト博士』。

一九四八年（二十一歳）

一月十七日、短編「トゥバル・カインは星をつくる」が「エル・エスペクタドル」紙に掲載される。四月九日、大統領選に立候補していたガイタンの暗殺に怒った民衆が蜂起、〈ボゴタソ（ボゴタ騒動）〉と呼ばれる暴動が発生。大学が閉鎖、学業の継続が困難になる。三月、カルタヘナ大学に転入。「エル・ウニベルサル」紙で編集の傍ら、コラム「プント・イ・アパルテ（段落換え）」を担当。最初の記事は五月二十一日付。七月、「死のもう一本の肋骨」を「エル・エスペクタドル」紙に発表。短編「死の向こう側」（『青い犬の目』所収）。

ベネズエラでクーデタ。制度改革を推進するガリェゴス政権の退任。

マレチャル（アルゼンチンの作家）『アダン・ブエノスアイレス』、ウスラル゠ピエトリ（ベネズエラの作家）『エル・ドラドの道』。

ソーントン・ワイルダー『三月十五日』。ヴィットリオ・デ・シーカ監督の映画『自転車泥棒』。

一九四九年（二十二歳）

一月に「鏡の対話」、九月に短編「三人の夢遊病者の苦しみ」（いずれも『青い犬の目』所収）を「エル・エスペクタドル」紙に発表。

コロンビア政府がデモ・集会禁止令を発布。自由党は全閣僚を引き上げ、大統領選を棄権。

ボルヘス『エル・アレフ』、パス（メキシコの詩人）『言葉のかげの自由』。

ジュネ『泥棒日記』、アーサー・ミラー『セールスマンの死』。フォークナー、ノーベル文学賞受賞。

一九五〇年（二十三歳）

バランキリャへ移り住む。「エル・エラルド」紙でコラム「ヒラーファ（キリン）」をセプティムスの筆名で担当。連載は一九五二年まで、一度の休止を挟んでおよそ四百回にわたって続く。カタルニャ出身の博識ラモン・ビニェスの知己を得る。四月、アルバロ・セペーダ＝サムディオ、ヘルマン・バルガス、アルフォンソ・フエンマヨル、アレハンドロ・オブレゴン、ファン・B・フェルナンデスその他のバランキリャの仲間たちと、スポーツと文学が中心の大衆むけ週刊誌「クロニカ」を発行。編集長を務める（十四ヶ月で廃刊）。「落葉《おちば》」に着手。この頃、祖父母の家の売却のため、母とともにアラカタカを十数年ぶりに再訪。『家』と題する小説の着想を得る。

保守党のラウレアノ・ゴメスが大統領に就任。超国家主義者の指導のもとで内政は混乱し、コロンビア議会が閉鎖。自由党は選挙をボイコット。

朝鮮戦争。

アストゥリアス『強風』、オネッティ（ウルグアイの作家）『はかない人生』、パス『孤独の迷宮』、ネルーダ『大いなる歌』。

C・S・ルイス『ナルニア国物語』（—五六）、ブラッドベリ『火星年代記』。

一九五一年（二十四歳）

カルタヘナに戻る。六月二日付けの記事をもって「ヒラーファ」を休載。九月に「コンプリミド」誌を創刊するも、二号で休刊。短編「青い犬の目」「六時に来た女」「天使を待たせた黒人、ナボ」(『青い犬の目』所収)。三十年後に『予告された殺人の記録』として小説となる事件がスクレで起きる。

セラ(スペインの作家)『蜂の巣』。

サリンジャー『ライ麦畑でつかまえて』、グレアム・グリーン『情事の終り』。

一九五二年(二十五歳)

バランキリャへ。二月十二日、「エル・エラルド」紙で「ヒラーファ」を再開。大西洋岸の孤立した地方、ラ・シエルペに取材したルポルタージュを発表。ブエノスアイレスの出版社ロサーダに「落葉」の出版を断られる。友人ゴッグことゴンサロ・ゴンサレスに不運を嘆く手紙を送る。手紙は「自己批評」の見出しを付して「エル・エスペクタドル」紙に掲載された。一年を費やした作品の処遇に憤りを表明し、出版の際には、ロサーダ社からの手紙を序文に載せてやると息巻いている。大衆歌謡の普及につとめ、大西洋岸への小旅行を重ねる。著名なクンビア歌手ラファエル・エスカロナの旅に同行。

三月、キューバにおいてバティスタのクーデタ発生。軍事独裁政権の成立。

ベネズエラにペレス・ヒメネス政権が誕生。アメリカ合衆国へ追従する政策が取られる。

ヘミングウェイ『老人と海』、スタインベック『エデンの東』。

一九五三年(二十六歳)
百科事典をセールスしながら、大西洋岸の町を転々。祖国を深く知るためのよい機会に。十月、アルバロ・セペーダ・サムディオと「エル・ナシオナル」紙を発行。同紙には、友人のヘルマン・バルガスも寄稿した。短編「誰かが薔薇を荒らす」「イシチドリの夜」(『青い犬の目』所収)。

六月、コロンビアで軍事クーデタが勃発、ゴメス大統領が追放される。クーデタの首謀者ロハス・ピニーリャ将軍の軍事独裁が始まる。

七月二十六日、キューバでカストロらが初の蜂起。失敗に終わる。スターリン没。

ベネズエラ、新憲法を発布し、合衆国から共和国へ国名を変更。

ルルフォ(メキシコの作家)『燃える平原』。

ベケット『ゴドーを待ちながら』、サリンジャー『ナイン・ストーリーズ』。

一九五四年(二十七歳)

カルタヘナで、「エル・エスペクタドル」紙の編集に携わる。作家アルバロ・ムティス(一九二七―)と親交を結ぶ。二月、ボゴタに移動。最初は映画の批評記事を担当、後にコラムとルポルタージュを執筆した。すぐに同紙の花形ライターとなる。短編「土曜日の次の日」(『ママ・グランデの葬儀』所収)がコロンビア作家・芸術家協会の文学コンクールで一等になる。

アストゥリアス『緑の法王』。

ゴールディング『蠅の王』、トールキン『指輪物語』(―五六)。ヘミングウェイ、ノーベル文学賞受賞。

一九五五年（二十八歳）

「エル・エスペクタドル」紙に、「わが冒険の真相」と題するルポルタージュを執筆。海軍における密輸の実態を暴く。身辺に危険を感じ、コロンビアを出国。五月、ボゴタで『落葉』が友人によって発表される。七月、米・英・仏・ソ四首脳会談の取材のため、特派員としてジュネーブに派遣される。八月、ローマへ移動。同地の映画実験センターに登録。九月、ベネチア国際映画祭を取材。十二月、ローマに戻り、プリニオ・アプレヨ＝メンドサと再会。「神話《ミト》」誌（十月・十一月合併号）に、短編「マコンドに降る雨を見たイサベルの独白」（『青い犬の目』所収）を発表。

コロンビアで、弾圧に与《くみ》した地主への恩赦に抗議する農民の反乱。ロハス＝ピニーリャ政権は武力で対抗し、ビジャリカ戦争が勃発。左翼系反政府組織ＦＡＲＣ（コロンビア革命軍）が結成。カストロ、キューバからメキシコに亡命。

ルルフォ『ペドロ・パラモ』、リベイロ（ペルーの作家）『羽をむしられたハゲワシ』、ゴメス＝デ＝ラ＝セルナ（アルゼンチンに亡命したスペインの作家）『グレゲリーア集』。オルテガ・イ・ガセー死去。

ナボコフ『ロリータ』、パゾリーニ『生命ある若者』、アーサー・ミラー『橋からの眺め』。

一九五六年（二十九歳）
軍部の圧力を受けて「エル・エスペクタドル」紙が廃刊。ヨーロッパ滞在を続けるべく同じグループの発行する「エル・インデペンディエンテ」紙の特派員の職を得るも、じきに廃刊。帰国費用を受け取るが、ヨーロッパに留まる。この頃、『大佐に手紙は来ない』に着手。生活苦の中、昼夜を徹して執筆を進める。

コロンビアで、〈牛の首輪虐殺事件〉。ロハス＝ピニーリャへの不敬を理由に多数の市民が虐殺される。

エジプトがスエズ運河を国有化。十二月、カストロ、キューバに再上陸。

パス『弓と竪琴』。ヒメネス、ノーベル文学賞受賞。

ビュトール『時間割』、ギマランイス＝ローザ（ブラジルの作家）『大いなる奥地』。

一九五七年（三十歳）

五月に東ドイツ、次いでモスクワの青春祭を訪問した後、ハンガリーに足を伸ばす。プリニオ・アプレヨ＝メンドサが同行。パリにて「鉄のカーテンの裏側の九十日間」を執筆。十一月、ロンドン訪問。十二月二十三日にベネズエラの首都カラカスに到着。新たに創刊された「モメント」誌に編集者の職を得る。

コロンビアでクーデタ発生。ロハス＝ピニーリャ大統領が辞任。「国民戦線」が結成され、自由党と保守党のあいだに、以後十二年間の閣僚と議席の等分、および四年ごとの大統領の相互選出をうたう国民協定が結ばれる。

ハイチでデュバリエ政権誕生。二十九年間の一族独裁が続く。

パステルナーク『ドクトル・ジバゴ』、ロブ＝グリエ『嫉妬』。ヌーヴォー・ロマンの隆盛。

一九五八年（三十一歳）

ベネズエラの複数の新聞・雑誌に寄稿。当地でヒメネス独裁政権の瓦解を目の当たりにし、独裁者を主人公にした小説の構想を抱く。三月、政治的スキャンダルに巻き込まれて、「モメント」誌を辞任。「ベネズエラ・グラフィカ」誌の編集長に就く。コロンビアに戻り、メルセデス・ラケル・バルチャ＝パルドと結婚。食い扶持を稼ぐために赤新聞の仕事も引き受ける。いくつかの短編と『悪い時』の執筆にかかる。「ミト」誌（五月・六月合併号）に、「大佐に手紙は来ない」を発表。

コロンビアで、自由党のカマルゴが大統領に就任。前年の国民協定の効力が、一九七四年までに延長される。

アルゲダス（ペルーの作家）『深い川』。

デュラス『モデラート・カンタビーレ』、シリトー『土曜の夜と日曜の朝』。

一九五九年（三十二歳）

ハバナ訪問。五月に帰国。アプレヨ＝メンドサと共同で、キューバの「プレンサ・ラティーナ」紙のボゴタ支局を開設。書籍見本市の機会に『落葉』三万部を再版。八月二十四日、長男ロドリゴ・ガルシア＝バルチャがボゴタで誕生。友人の司祭の洗礼を受ける。「アクシオン・リベラル」誌と週刊誌「ラ・カリェ」に寄稿。「ティエンポ」誌に、短編「火曜日の昼寝」（『ママ・グランデの葬儀』所収）をフェルナンド・ボテーロの挿絵つきで発表。短編「最近のある日」（『ママ・グランデの葬儀』所収）。

一月、バティスタ派が掃討され、キューバ革命成就。二月にカストロ政権が成立。二月、ベネズエラでベタンクールが大統領に就任。石油の国有化や農地改革を進める。ラフルカド（チリの作家）『アカブ王の盛宴』。メキシコの批評家アルフォンソ・レイェス没。グラス『ブリキの太鼓』、サロート『プラネタリウム』、シーモノフ『生者と死者』。

一九六〇年（三十三歳）
「プレンサ・ラティーナ」紙のホルヘ・マセッティの誘いでハバナに移り、数ヶ月、同紙に勤務。アプレヨ＝メンドサとともに、ニューヨーク支局に特派員として派遣される。フルシチョフが出席する国連総会を取材。短編「この村に泥棒はいない」「バルタサルの素敵な午後」（『ママ・グランデの葬儀』所収）。
アストゥリアス『死者たちの目』、カルデナル（ニカラグアの詩人）『零時』。
カルヴィーノ『われわれの祖先たち』、アップダイク『走れウサギ』、モラヴィア『倦怠』。

一九六一年（三十四歳）
「プレンサ・ラティーナ」紙内の反カストロ派から脅迫を受けて、護身のために鉄棒を携行。家族に危険が及ぶのを恐れて、マセッティ、アプレヨ＝メンドサとともに職を辞す。フォークナーの世界を知るため、アメリカ合衆国南部をバスで旅行。所持金はわずか二十ドルだったという。ニューオルリンズで受け取ったボゴタからの送金を帰国費用に当てず、メキシコに入国。ムティスを頼ってメキシコシティにたどり着き、六八年まで同地を拠点とする。映画関連の職を求めるがかなわず、女性誌の原稿を書いたり、広告代理店で働いたりして糊口をしのぐ。七月、ヘミングウェイが猟銃で自殺。追悼記事「男は当然の死を遂げた」を寄せる。コロンビアのアギーレ社から『大佐に手紙は来ない』を刊行。メキシコの雑誌「ラ・ファミリア」と「スセソス」の編集に携わる。短編「失われた時の海」(『無垢なエレンディラと無情な祖母の信じがたい悲惨の物語』所収。以下、同書は『エレンディラ』と略記)、「モンティエルの未亡人」「造花のバラ」「ママ・グランデの葬儀」(『ママ・グランデの葬儀』所収)。

四月、CIAの計画によるコチノス湾へのキューバ侵攻作戦が失敗に終わる。

五月、ドミニカ共和国で長期にわたって独裁者の地位にあったトルヒリョが暗殺される。

サバト(アルゼンチンの作家)『英雄たちと墓』、オネッティ『シップヤード』。

川端康成『眠れる美女』、レム『ソラリスの陽のもとに』。

一九六二年(三十五歳)
エッソ社の文学コンクールで『悪い時』が受賞。三千ドルの賞金を獲得。次男ゴンサロ・ガルシア=バルチャが誕生。著者の校正を経ておらず、「純粋なスペイン語にするため」の勝手な手直しをされた『悪い時』がマドリードの出版社から出る。ベラクルス大学出版局から短編集『ママ・グランデの葬儀』を刊行。『大佐に手紙は来ない』の再版。
十月、キューバ危機。
カルペンティエル(キューバの作家)『光の世紀』、フエンテス(メキシコの作家)『アルテミオ・クルスの死』、ムヒカ=ライネス(アルゼンチンの作家)『ボマルツォ公の回想』、マルティン＝サントス（スペインの作家）『沈黙の時』。

オールビー『ヴァージニア・ウルフなんかこわくない』、ポーター『愚者の船』、ソルジェニーツィン『イワン・デニーソヴィチの一日』、ディック『高い城の男』。フォークナー没。

一九六三年（三十六歳）

初の映画関連の仕事。ルルフォがプロットを立てた『金鶏』（一九八〇年に出版）のシナリオを共同執筆。ロベルト・ガバルドン監督。台詞《せりふ》がメキシコではなくコロンビアのスペイン語にしか聞こえないといわれて、修正にフエンテスの協力を仰ぐ。商業作品的な出来上がりに不満を残す。

コルタサル（アルゼンチンの作家）『石蹴り』。

ル・クレジオ『調書』、ピンチョン『V.』、ヴォネガット『猫のゆりかご』。

一九六四年（三十七歳）

「この村に泥棒はいない」の映画化。アルベルト・イサーク監督。撮影には、ルルフォ、亡命中のルイス・ブニュエル、メキシコの画家ホセ・ルイス・クエバス、イギリス出身の女流画家レオノーラ・キャリントン、風刺漫画家アベル・ケサーダ、ジャーナリスト・批評家カルロス・モンシバイス（一九三八—）らが参加。ガルシア＝マルケス自身も出演している。アルバロ・セペーダ＝サムディオ、エンリケ・グラウ＝アラウホ、ルイス・ビセンスと共同で『青いランゴスティノ』を監督。

バージェス『その瞳は太陽に似ず』、ベロー『ハーツォグ』。

一九六五年（三十八歳）

アルトゥロ・リプスティン監督の映画『死の時』の脚本を担当。車でアカプルコに向かう途中、『家』という題名で十五年間暖めつづけてきた小説の構想をどのように具現化したらよいか天啓を得る。「昔、祖母が物語ってくれたように語ればよい……」。旅行を中断し、ただちに『百年の孤独』に着手する。入手したばかりの車をかたに当座半年の生活費を作る。カルロス・A・フィゲオラ原作の映画『ローラ、わが命』の脚本を、ミゲル・バルバチェロ監督およびフアン・ラ・カバーダと共同で担当。

コロンビアで、親キューバ・反アメリカを謳うゲリラ組織「国民解放軍（ELN）」が結成。

クノー『青い花』、ドラブル『碾臼《ひきうす》』。

一九六六年（三十九歳）

『百年の孤独』の執筆のために籠りきる。完成までに十八ヶ月を要し、当初の資金は中途で尽きるが、メルセデスの内助の功に助けられる。「再び自分の言葉で書き直し」た『悪い時』をメキシコで出版。

バルガス＝リョサ（ペルーの作家）『緑の家』、レサマ＝リマ（キューバの詩人）『楽園』（小説）、デリベス（スペインの作家）『マリオとの五時間』。

カポーティー『冷血』。

一九六七年（四十歳）

五月三十日、アルゼンチンのスドゥアメリカーナ社から『百年の孤独』を刊行。さしたる前宣伝もなかったにもかかわらず、初版は二週間足らずで売り切れという大ベストセラーとなる。評判はブエノスアイレスに留まらず、メキシコシティ、リマ、ボゴタなど、ラテンアメリカ全体へと広がり、瞬く間に版を重ねる。カラカスで開催された第十三回イベロアメリカ文学国際会議に出席。この時、第一回目のロムロ・ガリェゴス賞の授与式が行われ、ガルシア＝マルケスも審査員を務めた。同賞はベネズエラの自然主義を代表する作家の業績を記念して創設されたもので、特に当初は五年間に一人の作家にしか与えられなかったこともあって、ラテンアメリカ地域でもっとも権威ある文学賞となっている。最初の受賞作となったのはバルガス＝リョサ『緑の家』であり、この機会にガルシア＝マルケスもペルーの作家の知己を得た。この年、ベネズエラのほかに、コロンビア、ペルー、アルゼンチンを訪れ、各地で熱狂的な歓待を受ける。ルイス・アリコリサ監督とパンチョ・コルドバ、クレジットされていないホルヘ・イバルグエンゴイティアとの共同で「ＨＯ」と題されたパートの脚本を担当した映画『危険なゲーム』。

キューバ革命の英雄チェ・ゲバラ、ボリビアで逮捕、処刑される。

カブレラ＝インファンテ（キューバの作家）『三頭の淋しい虎』。アストゥリアスがノーベル文学賞を受賞。

シモン『歴史』、バーセルミ『雪白姫』、ブローディガン『アメリカの鱒釣り』。

一九六八年（四十一歳）

『百年の孤独』が三十二ヶ国語以上に翻訳されて、世界的なベストセラーとなる。著者も最初は名声を楽しんだが、ハリウッド・スターに向けられるような熱狂振りに嫌気が差し、メキシコシティからバルセロナへの移住を決意（七四年まで）。同地で『族長の秋』に着手。リマの国立工科大学におけるバルガス＝リョサとの対談『ラテンアメリカの小説』が刊行される。短編「大きな翼のある、ひどく年取った男」「奇跡の行商人、善人のブラカマン」（『エレンディラ』所収）。セルヒオ・ベハル監督とフェルナンド・ガリアナとの共同脚本の映画『犯罪に立ち向かう四人』。マヌエル・ミチェル監督との共同脚本の映画『わが愛しのパツィ』。

五月、カリブ自由貿易連合（ＣＡＲＩＦＴＡ）設立。

パナマで、オマル・トリホス＝エレーラ将軍が評議会を支配。大統領の権限が停止される。

メデジン会議において、一九五〇年代より聖職者たちが実践してきたもので、後に〈解放の神学〉と呼ばれることになる思想がカトリック教会の公認を得る。

メキシコ・オリンピック開催。十月、メキシコシティで政府による学生運動の弾圧〈トラテロルコ事件〉が発生。

十月三日、ペルーでクーデタが発生。軍事政府は〈ペルー革命〉と呼ばれる構造改革を実施。

プイグ（アルゼンチンの作家）リタ・ヘイワースの背信』。

アップダイク『カップルズ』、ル・グィン『ゲド戦記』（―七二）。

一九六九年（四十二歳）

ニューヨークのコロンビア大学から名誉博士号を授与される。短編「幽霊船の最後の航海」(『エレンディラ』所収)。

パナマで、ノリエガが保安隊情報部長に任命される。

ムヒカ゠ライネス(アルゼンチンの作家)『奇跡と憂愁について』、フエンテス『誕生日』、レイナルド・アレナス(キューバの作家)『めくるめく世界』、モンテロソ(グアテマラの作家)『黒い羊 他』、パス『東斜面』。

ヴォネガット『スローターハウス5《ファイヴ》』、ロス『ポートノイの不満』。

一九七〇年(四十三歳)

カリブ諸国に長期旅行。一九五五年に「わが冒険の真実」の題名で発表したルポルタージュが『ある遭難者の物語』としてバルセロナで刊行される。短編「無垢なエレンディラと無情な祖母の信じがたい悲惨の物語」「この世でいちばん美しい水死人」(『エレンディラ』所収)。

チリでサルバドル・アジェンデ社会主義政権誕生。

ドノーソ(チリの作家)『夜のみだらな鳥』、ブライス゠エチェニケ(ペルーの作家)『ジュリアスの世界』。

トゥルニエ『魔王』。

一九七一年(四十四歳)

四月、作品が反革命的であるという理由でキューバ当局が詩人エベルト・パディーリャを逮捕した「パディーリャ事件」が発生。多数の知識人がカストロへの抗議文書に署名をしたが、ガルシア＝マルケスはこれを拒否。バルガス＝リョサとの軋轢の原因となる。

バルガス＝リョサが、ガルシア＝マルケスの作品研究として名高い『ある神殺しの歴史』を発表。グスタボ・グティエレス『解放の神学』。ネルーダがノーベル文学賞を受賞。

ナイポール（トリニダード・トバゴ出身のイギリスの作家）『自由国家で』。

一九七二年（四十五歳）

短編集『無垢なエレンディラと無情な祖母の信じがたい悲惨の物語』を出版。『百年の孤独』で、ロムロ・ガリェゴス賞を受賞。賞金はベネズエラの左翼政党MASに寄付。カストロ、オマル・トリホス、グレアム・グリーン、コルタサルと深い友情で結ばれる。短編「愛の彼方の変わることなき死」（『エレンディラ』所収）。

オマル・トリホス将軍、パナマ政府の主席に就く。

ドノーソが体験的評論『ブームの履歴書（邦訳：ラテンアメリカ文学のブーム）』を発表。ロドリゲス＝モネガル（ウルグアイの批評家）『ラテンアメリカ小説のブーム』、サルドゥイ（キューバの作家）『コブラ』。

一九七三年（四十六歳）

一九五七年から一九五九年のあいだに執筆した新聞記事の集成『若く幸福であった無名時代』が刊行される。九月十一日、チリで軍事クーデタが勃発し、アジェンデ大統領が自殺。ジャーナリズムを通じてピノチェト軍事政権に対する異議を表す。この頃、ヨーロッパに来たラテンアメリカ人についての小説の着想を得る（後に『十二の遍歴の物語』に結実）。

カリブ共同体（CARICOM）の発足。

エドワーズ（チリの作家）『好ましからざる人物』。ネルーダ没。

ピンチョン『重力の虹』、エンデ『モモ』。

一九七四年（四十七歳）

この年の後半にメキシコに移住。コロンビアに戻らなかった理由を、外国人でいる限り、誰からも政治的な指導者であることを求められないからだ、と述べている。コロンビアの左派の雑誌「アルテルナティバ」の創設者のひとりに名前を連ねる。短編集『青い犬の目』を発表。

コロンビアで、自由党左派のミケルセンが大統領に就任。

ロア゠バストス（パラグアイの作家）『至高の存在たる余は』、カルペンティエル『方法再説』。

カーヴァー『他人の身になってみること』。

一九七五年（四十八歳）
『族長の秋』を発表。詩人、パブロ・ネルーダの死の責任を問うて、ピノチェトの大統領辞任まで作品を発表しないと宣言。仕事を政治ルポルタージュに絞る。コルタサルとともに、国際民衆法廷〈ラッセル裁判〉の陪審員を務める。監督ルイス・アリコリサとの共同脚本の映画『予兆』。
アンゴラ紛争。十一月十一日、旧ソ連とキューバの軍事支援を受けたアンゴラ人民解放運動がポルトガルからの独立を宣言。フランコ没。
フエンテス『テラ・ノストラ』。
エンツェンスベルガー『霊廟』。

一九七六年（四十九歳）
一九五四年二月から一九五五年十二月までにコロンビア各紙に執筆した記事を集めた『コラムとルポルタージュ』を出版。短編「ミセズ・フォーブスの幸福な夏」「雪の上に落ちたお前の血の跡」（『十二の遍歴の物語』所収）。
プイグ『蜘蛛女のキス』。
ヘイリー『ルーツ』。

一九七七年（五十歳）
キューバのアンゴラ出兵をテーマにした『カルロタ作戦』を発表。

一九七八年（五十一歳）
一九五七年に執筆し、ベネズエラとコロンビアで雑誌掲載されたコラム「鉄のカーテンの裏側の九十日間」を集めた『社会主義国の旅』を出版。人権と政治犯の擁護を謳う〈アベアス財団〉を設立。ハイメ・ウンベルト＝エルモシリョ監督と共同脚本の映画『わが心のマリア』が撮影され、ガルシア＝マルケスも出演（七九年公開）。四月、短編「『電話をかけに来ただけなの』」。十二月、同「光は水のよう」(『十二の遍歴の物語』所収)。この年、アンゴラ訪問。

コロンビアで、自由党右派のトゥルバイが大統領に就任。

パナマのオマル・トリホスが政府主席を辞任。パナマ、アメリカ合衆国との新運河条約を批准。将来の運河返還が約束される。

ムティス『最後の顔』。

アーヴィング『ガープの世界』。

一九七九年(五十二歳)
五月、短編「悦楽のマリア」。六月、同「大統領閣下、よいお旅を」(いずれも『十二の遍歴の物語』所収)。チリの監督ミゲル・リッティンの映画『モンティエルの未亡人』。フェリーペ・カザルス監督、ホセ・アグスティンとファン・アルトゥロ・ブレナンと共同脚本の映画『ペストの年』。『予告された殺人の記録』を書き始める。
カブレラ゠インファンテ『亡き王子のためのハバーナ』、カルペンティエル『ハープと影』、プイグ『天使の恥部』、パソ(メキシコの作家)『メキシコのパリヌルス』。
バース『レターズ』、スタイロン『ソフィーの選択』。

一九八〇年(五十三歳)
FSLN(サンディニスタ民族解放戦線)の勝利を祝うため、ニカラグアを訪問。FSLNのトマス・ボルヘ、同じくダニエル・オルテガ、ニカラグアを代表する作家セルヒオ・ラミレス、やはり著名な詩人エルネスト・カルデナル、カストロ、ヤーセル・アラファトらと会談。週一本のコラム記事執筆の仕事を自ら課し、「エル・エスペクタドル」紙をはじめ、スペイン語圏の新聞・雑誌の日曜版に寄稿（八四年まで）。三月、短編「私の夢、貸します」。十月、同「八月の亡霊」「毒を盛られた十七人のイギリス人」（いずれも『十二の遍歴の物語』所収）。

在コロンビア・ドミニカ大使館にゲリラが立てこもる事件が発生。

カルペンティエル没。

エーコ『薔薇の名前』。

一九八一年（五十四歳）

ボゴタにある家が強制撤去される。軍部の脅威を感じてメキシコ大使館に避難、コロンビアを離れる。ネルーダの未亡人らの説得に折れて、一九七五年以来の断筆を撤回。四月、『予告された殺人の記録』を発表。初版は二百万部に達する。仏大統領フランソワ・ミッテランからレジオン・ドヌール三等勲章を賜る。ジャック・ジラール編『ジャーナリズム作品集第一集：海岸地帯のテキスト』。「雪の上に落ちたお前の血の跡」を「エル・エスペクタドル」紙に発表。八月、短編「聖女」（『十二の遍歴の物語』所収）。「六時に来た女」を原作にした、グスタフ・ロハス＝ブラボ監督の短編映画『キャスリング』。

ウスラル＝ピエトリ（ベネズエラの作家）『ロビンソンの島』。

寺山修司作・演出の戯曲『百年の孤独』。アーヴィング『ホテル・ニューハンプシャー』。

一九八二年（五十五歳）

四月、イギリスが領有を主張するフォークランド（マルビナス）諸島にアルゼンチン軍が侵攻。この紛争を題材に執筆。「エル・エスペクタドル」紙に「ミセズ・フォーブスの幸福な夏」を発表。メキシコ政府がアギラ・アステカ文化勲章を授与。ニカラグアのソモーサ独裁政権に対するサンディニスタの抵抗活動を題材に映画シナリオ『拉致』を執筆し、ニカラグア革命への支持を表明。カンヌ映画祭の審査員を務める。対談集『グアバの香り――プリニオ・アプレヨ＝メンドサとの対話』が刊行される。『ジャーナリズム作品集第二集：伊達男に囲まれて』。一月、短編「トラモンターナ」。六月、同「眠れる美女の飛行」（いずれも『十二の遍歴の物語』所収）。

この年、ノーベル文学賞を受賞（「現実的なものと幻想的なものを結び合わせて、一つの大陸の生と葛藤の実相を反映する、豊かな想像の世界」に対して）。賞金を使い、母国で新聞を創刊。

コロンビアで、保守党のベタンクールが大統領に就任。左翼ゲリラと和平を模索する。

アジェンデ（チリの作家）『精霊たちの家』。ニカラグアの民族解放を主題にしたミゲル・リッティン監督の映画『アルシノとコンドル』が公開。

マラマッド『神の恩寵（邦訳：コーンの孤島）』、ウォーカー『カラーパープル』。

一九八三年（五十六歳）

『ジャーナリズム作品集第三集：ヨーロッパとアメリカについて』が刊行される。コロンビアに居住し、カルタヘナとボゴタを往復。ルイ・ゲーハ監督の映画『エレンディラ』が公開。

一九八四年（五十七歳）

カルタヘナで『コレラの時代の愛』を執筆。

コロンビア政府が麻薬取引の取締りを強化。一方で、ゲリラと麻薬組織の関係も強まり、非合法活動が活発化。

フエンテス『老いぼれグリンゴ』、ポッセ（アルゼンチンの作家）『楽園の犬ども』。コルタサル没。

寺山修司の遺作映画『さらば箱舟（制作発表時のタイトル：百年の孤独）』公開。

一九八五年（五十八歳）

ミゲル・リッティンに取材をした『戒厳令下チリ潜入記――ある映画監督の冒険』を発表。十一月、ノーベル賞受賞後初の長編小説となる『コレラの時代の愛』を発表。ホルヘ・アリ＝トリアナ監督による一九六五年制作の映画のリメイク『死の時』が公開される。

コロンビアで、左翼ゲリラによる最高裁占拠事件が発生。最高裁長官と判事十名を含む人質百人が死亡。火山の大規模な噴火。二万五千名の犠牲者。

クンデラ『存在の耐えられない軽さ』。

一九八六年（五十九歳）

キューバのサン・アントニオ・デ・ロス・バニョス映画・テレビ国際学園の設立を支援。脚本教室の指導にあたる。「ラテンアメリカの新しい映画のための基金（ＦＮＣＬ）」の会長に就任。

リッティン監督の『戒厳令下チリ潜入記』公開。
コロンビアで、自由党のビルヒリオ・バルコが大統領に就任。
ムティス（スペインの作家）『提督の雪』、メンドサ（スペインの作家）『奇跡の都市』。ボルヘス没。

一九八七年（六十歳）
初の戯曲『座っている男への愛の酷評』を執筆。テレビ・シリーズ『愛の不条理』の制作開始。フランチェスコ・ロージ監督による映画『予告された殺人の記録』が公開。九月二十五日、孫マテオ・ガルシア＝エリソンドがメキシコシティで誕生。次男の長子。ステファン・マインタによる評伝『ガルシア＝マルケス――コロンビアの作家』刊行。

一九八八年（六十一歳）
フェルナンド・ビリ監督の映画『大きな翼を持った老人』。ハイメ・チャバーリ監督のテレビ作品『バルセロナ、愛の迷宮』（シリーズ『愛の不条理』）。監督ハイメ・ウンベルト・エルモシリョとの共同脚本のテレビ作品『フォルベス夫人の幸福な夏』（シリーズ『愛の不条理』）。「聖女」を原作にした、リサンドロ・ドゥケ・ナランホ監督との共同脚本のテレビ作品『ローマの奇跡』（シリーズ『愛の不条理』）。ルイ・ゲーハ監督との共同脚本のテレビ映画『美女と鳩の寓話』（シリーズ『愛の不条理』）。オレガリオ・バレーラ監督とエリセオ・アルベルトとの共同脚本でテレビ作品『幸せな日曜日』（シリーズ『愛の不条理』）。
リャマサーレス（スペインの作家）『黄色い雨』。

エーコ『フーコーの振り子』、ラシュディ『悪魔の詩《うた》』、モーイエン『紅い高粱《コーリャン》』。

一九八九年（六十二歳）

ラテンアメリカの解放者ボリーバルの晩年を描いた長編『迷宮の将軍』を発表。十二月五日、孫エミリア・ガルシア＝エリソンドがメキシコシティで誕生。エリセオ・アルベルトと共同脚本、トマス・グティエレス＝アレーア監督の映画『公園からの手紙』（シリーズ『愛の不条理』）。

コロンビアで麻薬カルテル関係者の一掃作戦。一万人以上を逮捕。

チリで十六年ぶりの大統領選、ピノチェト派の候補敗北。十二月、アメリカ合衆国がパナマに侵攻。ノリエガ将軍を逮捕。

イシグロ『日の名残り』。

一九九〇年（六十三歳）

ビクトル・ロドリゲス＝ヌニェス編『ラテンアメリカの孤独：芸術・文学論集』が刊行される。スサーナ・カトとの共同脚本で、カルロス・ガルシア＝アグラス監督のテレビ作品『双方向の鏡』。十月、国際交流基金の招きで来日。新ラテンアメリカ映画祭にゲストとして出席。黒澤明と対談。

コロンビアで、自由党のセサル・ガビリアが大統領に就任。麻薬組織との武力による対決姿勢を弱め、有利な条件のもとでの投降を促す。

アレナス自死。

クンデラ『不滅』。

一九九一年（六十四歳）

新しいコロンビア憲法を起草。一九八〇年から一九八四年執筆の記事を集めた『ジャーナリズム作品集第四集：新聞記事』が刊行される。グティエレス＝アレーア監督およびエリセオ・アルベルトとの共同脚本のテレビ作品『遠く離れても』。アルトゥロ・フロレス、ロヘリオ・ハラミリョ監督の短編映画『六時に来た女』。コンスエロ・ガリーロとの共同脚本で、ホセ・ルイス・ガルシア＝アグラス監督のテレビ作品『土曜日の夜の泥棒』。この頃、バルセロナ、ジュネーブ、ローマ、パリを再訪。

コロンビア政府は外国への犯罪人引渡しを憲法で禁止。非常事態宣言が撤回される。

ジャルディネリ（アルゼンチンの作家）『記憶の審判』。

一九九二年（六十五歳）

コロンビアのテレビ局の依頼を受けて、ニュース番組のディレクターを引き受ける。短編集『十二の遍歴の物語』を発表。ルイ・ゲーハ監督の映画『わたしは夢見るために部屋を借ります』、マリーナ・ツルツミヤ監督『死が最後にやってくる』、『予告された殺人の記録』を下敷きにした、リー・シャオホン監督の映画『血祭りの朝』が公開。

マリアス（スペインの作家）『白い心臓』。一九九〇年に自死したレイナルド・アレナスの自伝『夜になる前に』。

一九九三年（六十六歳）

カルタヘナにジャーナリズム学校を設立、自ら校長を務める。

コロンビア政府治安部隊との銃撃戦の末、最大の麻薬組織メデジン・カルテルの首領パブロ・エスコバルが射殺される。

ファン・ゴイティソロ（スペインの作家）『サラエヴォ・ノート』。

一九九四年（六十七歳）

『愛その他の悪霊について』を発表。ロレンゾ・シャピロ監督の映画『青い犬の目』。セルヒオ・カブレラ監督の映画『鷲は蠅を狩らない』のクレジットに、ガルシア＝マルケスへの謝辞。三月二十三日、第四回イベロアメリカ演劇祭において、ボゴタの国立劇場で『座っている男への愛の酷評』の初演。舞台監督リカルド・カマーチョ。主演女優ラウラ・ガルシア。アランゴ社から戯曲『座っている男への愛の酷評』を刊行。

六月、コロンビアでマグニチュード六・八の地震が発生、数百人が死亡。自由党のサンペルが大統領就任。

一九九五年（六十八歳）

スペイン系アメリカの新しいジャーナリズムを謳う財団を後援。

カリブ共同体諸国、コロンビア、メキシコ、キューバ、ベネズエラが、カリブ諸国連合（ACS）を結成。

一九九六年（六十九歳）
『誘拐』を発表。テロリストの脅迫を受ける。脚本を担当した、アリ＝トリアナ監督の映画『オイディプス村長』、『青い犬の目』を原作にした、ペテル・ヘルツォグ監督の短編映画『君を愛している』が公開される。『お話をどう語るか』を発表。
マストレッタ（メキシコの作家）『愛の葛藤』。ドノーソ没。

一九九七年（七十歳）
生誕七十年の記念行事が世界各地で催され、処女短編『三度目の諦め』や『百年の孤独』が再版される。シナリオ教室『わたしは夢見るために部屋を借ります』、『わが友カストロ』を発表。同郷のジャーナリスト、ダッソ・サルディバルによる評伝『ガルシア＝マルケス――種への旅』刊行。
コロンビア政府が憲法を修正、麻薬犯罪人の海外引き渡しを認める。
フォークナー生誕百年。

一九九八年（七十一歳）
『語るという幸せなマニア』を発表。コロンビアの「カンビオ」誌に出資。ジャーナリストとして活躍。小説三篇と回顧録を執筆。序章が「エル・パイス」紙に掲載される。
元ボゴタ市長、アンドレス・パストラナが大統領に就任。ＥＬＮ（民族解放軍）やＦＡＲＣ

（コロンビア革命軍）など、左翼ゲリラとの対話路線を歩む。包括的国家開発戦略「プラン・コロンビア」を策定。

チリで、ピノチェトが軍政下での人権侵害と不正蓄財で起訴、自宅軟禁。

ボラーニョ（チリの作家）『未熟な探偵たち』。

一九九九年（七十二歳）

リンパ癌と診断され、ロサンゼルスの病院で長期療養。『ジャーナリズム作品集第五集：自由な女性のために』が刊行される。「エル・ティエンポ」紙の企画で、二十世紀の最重要人物に選ばれる。アルトゥロ・リプステイン監督の映画『大佐に手紙は来ない』、息子ロドリゴ・ガルシアの初監督・脚本の映画『彼女を見れば分かること』（二〇〇〇年カンヌ映画祭「ある視点」部門グランプリ受賞）が公開される。

一月、コロンビア中部でマグニチュード六・〇の地震発生。犠牲者は二千名近くに及ぶ。

十二月三十一日、アメリカ合衆国からパナマへの運河返還。

二〇〇〇年（七十三歳）

キューバからアメリカ合衆国へボートで流れ着いた少年エリアン・ゴンサレスの事件を扱ったルポルタージュ『大陸の遭難者』を発表。ロドリゴ・ガルシアの監督第二作『彼女の恋から分かること』公開。

バルガス＝リョサ『〈山羊《エル・チボ》〉の饗宴』。

二〇〇一年（七十四歳）
「最近のある日」を原作に、エステバン・カネパ監督の短編映画『決闘』。リサンドロ・ドゥケ・ナランホ監督と共同脚本の映画『目に見えない子供たち』。
ポニアトウスカ（メキシコの作家）『天空の肌』。

二〇〇二年（七十五歳）
自伝『語り伝えるために生きてきた』を発表。
コロンビア政府がゲリラ組織との和平交渉を断念。軍をゲリラ支配地域へ投入する。

二〇〇三年（七十六歳）
コロンビアにおける三月の総選挙で、ＡＤ－Ｍ19（四月十九日運動民主連合）など独立政党が躍進。保守党と自由党はともに議席数を減らす。前年就任した自由党系無所属のアルバロ・ウリベ大統領は、アメリカ合衆国との連携を強めながら、対ゲリラ強硬策を取る。一方で、「プラン・コロンビア」を継承。

二〇〇四年（七十七歳）
『わが悲しき娼婦たちの思い出』を発表。『悪い時』を原作にしたルイ・ゲーハ監督の映画『夜明けの毒』。

二〇〇五年（七十八歳）
小池博史演出で舞台『Heart of GOLD—百年の孤独—』。ロドリゴ・ガルシア監督『美しい人』。
アンデス共同体（CAN）と南部共同市場（メルコスール）との間に自由貿易協定が発効。
二〇〇六年（七十九歳）
キューバの映画アカデミーで脚本を共同執筆したフェルナンド・ビリ監督の映画『ZA〇五古きものと新しきもの』。
ピノチェト没（九十一歳）。二件の裁判は中止となる。
二〇〇七年（八十歳）
スペイン王立アカデミーとスペイン語アカデミー協会による『百年の孤独』の四十周年記念版が刊行。蜷川幸雄演出の見世物祝祭劇《スペクタクル・オペラ》『エレンディラ』。

（つづみ　しゅう・関西大学）

付記

本書に収録した作品は、左の既刊本を底本とした。

『愛その他の悪霊について』（新潮社、一九九六年五月刊、

二〇〇四年一月第五刷）

（編集部）

Obra de García Márquez | 1994

愛《あい》その他《た》の悪霊《あくりよう》について

著　者　ガブリエル・ガルシア=マルケス
訳　者　旦《だん》 敬介《けいすけ》

発　行　2007年8月30日

発行者　佐藤隆信
発行所　株式会社新潮社
郵便番号 162-8711　東京都新宿区矢来町71
電話　編集部　03-3266-5411
読者係　03-3266-5111
http://www.shinchosha.co.jp
印刷所　錦明印刷株式会社
製本所　大口製本印刷株式会社

乱丁・落丁本は、ご面倒ですが小社読者係宛お送り下さい。
送料小社負担にてお取替えいたします。
価格はカバーに表示してあります。
 ISBN 978-4-10-509016-6 C0097

Obras de García Márquez

ガルシア＝マルケス全小説

1947-1955 La hojarasca y otros 12 cuentos
＊落葉 他12篇 高見英一 桑名一博 井上義一 訳
三度目の諦め／エバは猫の中に／死の向こう側／三人の夢遊病者の苦しみ
鏡の対話／青い犬の目／六時に来た女／天使を待たせた黒人、ナボ
誰かが薔薇を荒らす／イシチドリの夜／土曜日の次の日／落葉
マコンドに降る雨を見たイサベルの独白

1958-1962 La mala hora y otros 9 cuentos
＊悪い時 他9篇 高見英一 内田吉彦 安藤哲行 他 訳
大佐に手紙は来ない／火曜日の昼寝／最近のある日／この村に泥棒はいない
バルタサルの素敵な午後／失われた時の海／モンティエルの未亡人／造花のバラ
ママ・グランデの葬儀／悪い時

1967 Cien años de soledad
＊百年の孤独 鼓 直 訳

1968-1975 El otoño del patriarca y otros 6 cuentos
＊族長の秋 他6篇 鼓 直 木村榮一 訳
大きな翼のある、ひどく年取った男／奇跡の行商人、善人のブラカマン
幽霊船の最後の航海／無垢なエレンディラと無情な祖母の信じがたい悲惨の物語
この世でいちばん美しい水死人／愛の彼方の変わることなき死／族長の秋

1976-1992 Crónica de una muerte anunciada / Doce cuentos peregrinos
予告された殺人の記録 野谷文昭 訳
十二の遍歴の物語 旦 敬介 訳

1985 El amor en los tiempos del cólera
＊コレラの時代の愛 木村榮一 訳

1989 El general en su laberinto
迷宮の将軍 木村榮一 訳

1994 Del amor y otros demonios
＊愛その他の悪霊について 旦 敬介 訳

2004 Memoria de mis putas tristes
＊わが悲しき娼婦たちの思い出 木村榮一 訳

＊は既刊です。